tredition®
www.tredition.de

AF397201

So oder so ähnlich hat sich alles zugetragen. Die Namen der Beteiligten sind selbstverständlich frei erfunden.

Meinem geliebtem Mann Reiner gewidmet.

Anetta Marz

Kreuzfahrt mit Mullemann

© 2017 Anetta Marz

Verlag und Druck: tredition GmbH, Halenreie 40-44, 22359 Hamburg

ISBN
Paperback: 978-3-7439-8797-5
Hardcover: 978-3-7439-8798-2
e-Book: 978-3-7439-8799-9

Das Werk, einschließlich seiner Teile, ist urheberrechtlich geschützt. Jede Verwertung ist ohne Zustimmung des Verlages und des Autors unzulässig. Dies gilt insbesondere für die elektronische oder sonstige Vervielfältigung, Übersetzung, Verbreitung und öffentliche Zugänglichmachung.

Vorwort

Was eine Kreuzfahrt ist das weiß man. Sie wissen es auch. Ja Sie!

Wenn Sie sich nicht angesprochen fühlen, dann haben Sie noch keine gemacht. Aber ich warne Sie. Sie können noch so viele Vorurteile haben, wenn Sie dieses Buch zu Ende gelesen haben, werden Sie eine Seereise buchen. Das glauben Sie nicht? Nur zu, beweisen Sie mir das Gegenteil! Vorsicht! Ich muss noch den Virus erwähnen. Glauben ist gar nicht erforderlich, sie werden sich anstecken. Es könnte auch sein, dass Sie süchtig werden. Also legen Sie das Buch schnell wieder weg! Wobei, wir sollten zuerst gemeinsam ein Rätsel lösen. Es geht auch ganz schnell. Dann können Sie immer noch im Regal weiter stöbern oder mein Werk unter einen schiefen Tisch stellen. Dann erfüllt es einen guten Zweck und Sie können es später noch einmal hervorholen. Ich hole jetzt nicht weiter aus, sondern frage Sie: „Wer ist Mullemann? Und wer um Himmels Willen ist Schatzke? Ach der Letztere kam ja noch gar nicht vor!

Also wer heißt Mullemann oder wer wird so genannt? Ein Kater etwa? Darf der überhaupt mit auf ein Kreuzfahrtschiff? Vielleicht ist es ja nur ein Talisman, der darf überall mit hin. Es sei denn, er könnte stechen oder schneiden, dann darf er nicht mit ins Handgepäck, jedenfalls nicht, wenn Sie fliegen wollen. Aber kommen wir zurück zur Schiffsreise. Wer war dabei? Ein Mann namens Mulle? Falls Sie ein Mann sind, möchten Sie so gerufen werden? Held oder Großer Meister trifft wohl eher auf Sie zu. Das sind Sie ganz sicher, aber keiner spricht es aus. Unter Freunden müssen Sie sich „Alter" oder „Dicker" gefallen lassen. Bestimmt sind Sie auch der beste Liebhaber Ihrer Region, aber zu Hause nur „Vati" oder bestenfalls „Schatz". Pech gehabt! Mullemann und auch Schatzke haben es besser. Sie werden geachtet, geliebt und bewundert. Und sie gehören zusammen, wie ein Nickname und ein Pseudonym. Als wir beides noch nicht kannten, hatten wir nur Kosenamen. So einfach ist es auch hier. Aber wir Frauen sind nicht einfach, zumindest können wir uns nicht einfach ausdrücken. Wir sprechen gern in Metaphern, Bildern und Gleichnissen. Vielleicht ist ja der Mullemann gar nicht aus Fleisch und Blut und vielleicht ist er bzw. es nicht mal gegenständlich und auch die Kreuzfahrt ist keine solche, sondern beschreibt nur das auf und ab und hin und weg der Gedanken während einer Yogastunde.

Keine Angst! Sie halten keinen Ratgeber „Auf dem Weg zum eigenen Ich" in den Händen. Ich mach es kurz. Mullemann ist niemand anderes als mein Traummann. Und Schatzke ist es auch. Welche Frau träumt nicht davon, einen oder besser noch zwei davon zu haben? Bei mir sind beide ein und dieselbe Person. Herrlich oder? Und bei Ihnen? Haben Sie auch einen Traummann oder suchen Sie noch? Ich habe ihn. Wollen Sie wissen woher? Dann müssen Sie weiterlesen. Irgendwann verrate ich es.

Irgendwann im Frühsommer

Wollte Mullemann nicht schon immer in die Karibik? Ja wollte er, ebenso wie zu den griechischen Inseln und quer über den Atlantik oder mal ums Kap Hoorn. Sicher diese Regionen scheinen auf den ersten Blick nichts miteinander gemeinsam zu haben, aber für die Segler unter Ihnen brauche ich nichts weiter zu erklären. Mullemann ist auch einer und er hat sogar eine eigene Jacht. Seit einigen Wochen segelt er mit mir auf der Destino. In irgendeiner Sprache bedeutet das Schicksal, ich bete immer inständig, wenn wir so um die 6 Knoten dahingleiten, es wird nicht unseres. Mich beschleicht immer so ein ängstliches Gefühl, wenn das Boot kränkt. Aussprechen kann ich das nicht, dann ist es auch mein Großer Meister mit einem „ge" vorne dran. Und obwohl er schnell hektisch wird und so gar keine Ruhe und Sicherheit ausstrahlt, soll ich beides behalten. Und da finde ich doch die Alternative im Katalog, einen Urlaub auf dem Wasser und sicher, bequem, unaufgeregt und vielleicht etwas dekadent dazu. Denn Segeln ist die unbequemste und unkomfortabelste Art teuer zu reisen. So denke ich, als ich auf der Toilette sitze und einen Reiseprospekt von Phönix Reisen durchblättere. Er liegt schon da, so als Lektüre, wenn es mal dauert. Lieber rätsele ich ja, aber ich habe mir nichts mitgenommen und so lese ich halt den Prospekt. In ungebrochener Treue seit unserer Nilkreuzfahrt vor zehn Jahren schickt mir das Phönix Unternehmen seine Magazine und Kataloge. Das ist wirkliche Treue und das nach nur einem date. Ganz im Gegensatz zu mir, ich hatte damals einen anderen Traummann und den hatte ich nicht mal mit. Ich habe nur diese eine Reise über Phönix gebucht. O.k. Diese Eine hat Eindruck bei mir hinterlassen, aber können die das wissen? Klar Ägypten hält Weltwunder bereit, aber bei mir blieb auch die Freundlichkeit, der Service und die stetigen liebevollen Details an Bord in Erinnerung, nicht zu vergessen das ausgezeichnete Preis-Leistungs-Verhältnis. Und nun dieses Angebot. „Unter karibischer Sonne: Viele Inseln, ein Traum." steht fettgedruckt auf Seite zwei. Es sind Fotos mit Postkartenidylle abgedruckt, daneben eine Weltkarte, auf der die Schiffsroute eingestrichelt ist. So weit weg war ich noch nie. Aber so weit weg will ich. Schon lange und schon lange genug. Es reicht. Das

Warten muss ein Ende haben und das sage ich jetzt Schatzke. Ich nehme den Prospekt mit zur Blauen Lagune. So nennen wir unsere neue Terrasse, weil sie direkt an den Pool grenzt. Das Wasser ist ja nicht blau, aber die Folie. Hier liegen wir an diesem Sonntagabend auf unseren Gartenmöbeln bei einem oder mehreren Gläsern Wein. Es ist immer so romantisch. Die Mücken bleiben draußen, wir liegen unter einem Moskito Pavillon. Die Musik kommt vom Laptop. Unser WLAN reicht bis hierher und wir hören Rockmusik und wenn wir kuscheln wollen auch mal James Blunt. „You are so beautiful" trällert er uns zu. Wer fühlt sich da nicht schon viel besser? Ich stelle meine Entdeckung Schatzke vor. Ohne viel Worte gehen wir sofort ins Internet auf Phönix Reisen Punkt com und siehe da, eine einzige Kabine mit Balkon ist noch frei und als Entscheidungshilfe noch folgender Passus: „Gäste, die während der Reise ihren Geburtstag feiern, erhalten 500 Euro Geburtstagsrabatt." Und ich habe Geburtstag, wie immer am 12. November und der fällt mitten in die angepriesene Karibikreise.

Nein, wir buchen nicht sofort. Das macht Schatzke am Montag selbst nach einem Telefonat mit dem Kreuzfahrtberater. Nach der Buchung scheint er seinen Entschluss zu bereuen. Jedenfalls muss ich das annehmen, denn er ruft mich an. Aber keine Vorfreude erfüllt ihn, vielmehr kommen versteckt leise Vorwürfe ins Gespräch. „Das wird bestimmt langweilig." „Die Reise ist viel zu teuer." „So eine Kreuzfahrt ist doch gar nichts für uns." „Immer machen wir das, was du willst." In diesen Fällen hilft nur Deeskalation, ruhig bleiben und einen Ausweg anbieten. Ich gebe alles. Gesprächsführung will gelernt sein und das habe ich, aber es wird kein Spaziergang. Ein harter Spurt bergan, aber er wirkt. Mullemann storniert die Buchung nicht. Lange Zeit vermeiden wir Gespräche über unseren bevorstehenden Urlaub, Reisefieber will sich gar nicht einstellen. Schatzke, der sonst immer die Vorbereitungen trifft, Reiseführer und andere Unterlagen kauft, sich über Land und Leute informiert, dieser Mann tut jetzt nichts dergleichen. Bis sich dann zwei Wochen vor dem Urlaub bei ihm doch noch Reiselust einstellt. Zuletzt besorgt er sogar Zahlungsmittel, er kommt mit 400 US Dollar nach Hause. Unsere USA Einreisegenehmigung aus der dem Schneesturm geopferten New York

Silvesterreise vor einem Jahr gilt noch, so dass sich sogar diese verloren geglaubte Investition noch lohnt. Das Echo im Verwandten- und Bekanntenkreis hinsichtlich unseres Urlaubsplanes ist geteilt. Nur wenige freuen sich mit uns, die meisten verstecken ihren Neid in „Ihr habt doch jetzt ein eigenes Boot" oder „Kreuzfahrten sind was für Rentner". Letztere Bedenken werden bestärkt durch das Phönix Reisevideo im Internet. Tolles Schiff, nicht so eine anonyme Massenabfertigung, aber was sind da für Gäste zu sehen? Alles Uhus, Grauhaardackel, Kaltwelle etc. p.p. Egal. Bezahlt ist bezahlt.

6. November

Die Reise steht vor der Tür. Am Abend rufe ich Mullemann an. Ich habe nur bis Mittag gearbeitet, um den Friseurtermin zu schaffen. Zuletzt waren meine Haare so lang, dass sie sich nicht mehr in Form föhnen ließen. Meine Haare sind sehr fein. So drücken es jedenfalls die Friseurinnen aus, denn sie sind geschult und wissen, dass ihre Kundinnen nichts von dünnen Haaren hören wollen, mit denen man eigentlich nichts anfangen kann und mit denen auch keine noch so schöne Frau in irgendein Prospekt kommt. Meine Interimslösung war die Anwendung von Lockenwicklern, um noch sozial angenommen zu werden. Heutzutage benutzen keine 48-jährigen Frauen Lockenwickler. Sie sind vielleicht schon Oma, vielleicht aber auch Erstgebärende ihres letzten Eisprungs. Aber Dauerwellenlöckchen zieren sie nicht. Die Ausnahme bin ich. Schatzke hat diesem Look wohl etwas mehr abgewinnen können, nur so ist seine Aussage zu interpretieren: „Nimm die Lockenwickler mit.". Aber schwimmen und schnorcheln in der Karibik mit einer Lockenfrisur? Das geht wohl nicht, also kommt mir der Friseurtermin kurz nach Mittag gerade recht.

Gegen 16:00 bin ich fertig, eile schnell nach Hause, bügle und packe, sogar die Wohnung wird grob gewischt. Das habe ich alles geschafft und habe noch Zeit vor der Bläserstunde, Schatzke anzurufen. Der ist auch gleich erreichbar. Mitten im Telefonat klingelt es an der Tür. „Nanu, wer soll das denn sein?", frage ich laut. „Wusste doch, du hast einen Liebhaber.", entgegnet Mullemann und „Wirst abgeholt, was?" Aber er selbst steht vor der Tür das Telefon noch am Ohr. Was freue ich mich! Wir holen seine Koffer rein, teilen den letzten Wein und freuen uns über die gelungene Überraschung. Dann mach ich mich auf zur Bläserstunde. Er auch, zum Schnitzelparadies, denn so ein Mann hat Hunger. Der lässt sich nicht stillen, mit dem was so in einem „ständig auf Diät sein" Kühlschrank ist.

Als ich von der Bläserstunde zurückkomme, liegt Mullemann auf der Couch. Voller Bauch, voll müde und keine Lust und schon gar keine Kraft mehr für weitere zwischenmenschliche Kontakte, auch keine rein verbalen. Genüsslich trinke ich den Rest des Weißweins und lege mich neben meinen schnarchenden Traummann ins Bett.

7. November

Letzter Arbeitstag. Er geht leider nicht wie geplant pünktlich zu Ende, dafür ohne Altlasten. Urlaub, du kannst kommen. Schatzke holt mich ab. Sein Cabrio darf sich auf dem Mitarbeiterparkplatz zweieinhalb Wochen erholen. Der Dienstwagen findet vor dem Priesterdomizil seinen Platz. Hier genießt er einen ganz besonderen Schutz und nicht nur den seiner Legitimation durch den Anwohnerparkausweis auf dem Armaturenbrett.

Wir packen nur noch die Koffer zu Ende. Es gibt Diskussionen über die Aufteilung der Gepäckstücke. Es dürfen pro Person 30 kg mitgenommen werden, wobei ein Koffer nicht mehr als 23 kg wiegen darf. So einen Quatsch will Schatzke erst gar nicht verstehen, er will keinen Stress. Er einen und ich einen Koffer und Schluss. „Die wiegen dann aber zu viel", werfe ich ein, aber vergeblich. Ich füge mich, Deeskalation eben. Wir werden ja sehen. Danach gehen wir sofort ins Bett und fallen in einen unruhigen unterbrochenen Schlaf. Irgendwann stelle ich fest, ich bin allein im Schlafzimmer. Mullemann schnarcht im Wohnzimmer fünf Meter weiter weg, aus Rücksicht nehme ich an und schlafe wieder ein.

8. November

Irgendwann in der Nacht steht Schatzke vor meinem Bett. „Guten Morgen, aufstehen!" Er strahlt, als er diese Aufforderung durch die Stille schmettert. Mein Wecker hat aber noch nicht geklingelt, ich bin etwas angesäuert. Das wäre fast schiefgegangen, ich habe ihn eine Stunde zu spät gestellt, aber das sage ich nicht. Ich schleppe mich ins Bad und tue das, was eine Frau so tut. Nach der üblichen Zähneschrubberei und viel kaltem Wasser lege ich ein deckendes Make-up auf. Es macht mich um mindestens drei Jahre jünger und erholter. Nun noch ein Kaffee fürs Innere, aber er macht uns nicht wirklich munter. Ein Taxi holt uns ab und wir landen ohne Stress für knappe sechs Euro am Hauptbahnhof. Einziger Wermutstropfen, es ist ein Rauchertaxi und wir sind Passivrauchen nicht mehr gewöhnt.

Im Bahnhof meldet sich doch glattweg so früh am Morgen, es ist kurz vor 5:00 Uhr, der Hunger und so kaufe ich mir ein Schoko Muffin und dann gehts los mit dem IC nach Frankfurt am Main. Wir haben Platzkarten, die hat der Mullemann besorgt, er will auf keinen Fall stehen. In Erfurt ist der Zug ziemlich leer, er füllt sich dann immer vor größeren Städten mit Pendlern, die dort geballt aussteigen. „Siehst du, gut dass wir Platzkarten haben." Schatzke ist ganz stolz. Muss ich entgegnen, dass die Pendler bestimmt keine besitzen und über den Plätzen auch nichts aufleuchtet, was auf ein Besetztsein hindeuten würde. Nein, das muss ich nicht und ich tu es auch nicht. Wozu auch. Schatzke ist so stolz, eine ideale Voraussetzung für einen weiterhin schönen Tag.

Gleich nach dem Aussteigen, eineinhalb Rolltreppen weiter, ist der Rail Check in. Man muss erst selbst einchecken, dann darf man an die Gates und seine Koffer abgeben. Wer hat sich das eigentlich ausgedacht? Einen Automaten aufzustellen, den kaum ein Passagier bedienen kann. Fast jeder muss den persönlichen Assistenten rufen, bis endlich eine Bordkarte ausgespuckt wird. Das dauert. Was spart man ein? Zeit und Personal nicht, nur Kundenzufriedenheit. Auch wir halten endlich unsere Bordkarten in den Händen. Es sind die Sitzplätze aufgedruckt, die wir schon in unseren Reiseunterlagen zugeschickt bekommen haben. Welch grandiose Computerleistung. Stolz gehen wir zum Gepäck Check in. Dort sitzen die netten Stewardessen, die eigentlich doch zugleich die Bordkarten ausdrucken könnten. Aber was zerbreche ich mir meinen Kopf wegen fremder Aufgaben. Schnell haben wir andere Sorgen. Unser Gepäck ist zu schwer. Also nicht insgesamt, aber eben beide Koffer einzeln. Schatzke wollte es ja nicht verstehen, es ergab für ihn gar keine Logik. Ich hatte es verstanden, es war nicht logisch aber genau erklärt. Darüber wollte mein Mann gestern nicht diskutieren, nun muss er es. Schatzke kennt keine Gnade, er erklärt der Stewardess den Nonsens der 23 kg Einzelgepäckstückregelung. Sie hat kein Einsehen, sie hat das Deeskalationstraining nicht nötig. Mullemann hat noch ein Ass im Ärmel. „Dann bezahle ich eben das Übergepäck." 100 Euro veranschlagt sie pro Gepäckstück, bietet aber nochmals ein Umpacken an Ort und Stelle an. Die Summe hat Schatzke überzeugt, wir nehmen die Bücher ins Handgepäck und alle sind zufrieden, sogar die Gepäckwaage.

Am Gate C14 sammeln sich die Flugreisenden nach Caracas. Mullemann bekommt einen dicken Hals, auch meine Urlaubslaune sinkt. Alle, aber auch alle Mitreisenden sind uralt, knappe Uhus. Plötzlich ein Lichtblick und welch ein Zufall. Zwei Neustrelitzer, Günther und Kristina, zwei Bekannte, zwei in unserem Alter, was für eine Freude. Im Flieger sitzen sie genau hinter uns. Zufälle gibt es nicht, das wissen wir ja schon. Schatzke kennt die beiden aus dem Reisebüro, besonders sie hat viel für ihn recherchiert, weil er doch nach Thailand wollte. Gebucht hat er dann nicht, aber sie scheinen es nicht übel zu nehmen. Beide sind bestens gelaunt, sie sind auf Dienstreise. Was wir als teuren Urlaub empfinden, ist für sie ein absetzbarer Schulungsaufenthalt. Wie sollen sie sonst ihre Kunden beraten? Da muss man um die Welt. Schön, dass sie jetzt die Kreuzfahrt machen müssen. Vor uns liegen zehneinhalb Stunden Flugzeit. Wir haben uns vorher viele Gedanken gemacht, wie man die Zeit übersteht. Zuerst einmal, wie vermeide ich eine Thrombose? Unser Alter lässt uns in die

Risikogruppe rutschen, nicht in den Hochrisikobereich, das nicht. Aber ganz taufrisch sind auch wir nicht. Ich habe mich gegen Thrombosestrümpfe entschieden, wie soll ich die auch unauffällig wieder loswerden in dem heißen Urlaubsziel. Spritzen kommen auch nicht in Betracht, wer tut sich selbst schon gern weh? Schatzke gibt mir eine Dosis seiner ASS Tabletten ab. Eine Sorge weniger. Aber es gibt noch ein Problem, Schatzkes Flugangst. Die bewältigt eigentlich nur ein Cocktail aus Hochprozentigem mit einem Sedativum. Wir fliegen mit Lufthansa, dort gibt es zumindest Wein. Das und einige Rundgänge im Airbus mit Halt an der Weintheke und Schatzke kommt durch. Mit Lufthansa reisen bedeutet aber nicht nur alkoholische Getränke an Bord, sondern auch ein Media-Equipment am Platz. Über dem Monitor in der Rückenlehne des Vordersitzes sind ca. 20 Filme, CDs verschiedener Genre, Radio- und Nachrichtenprogramme sowie Spiele abrufbar. Ab und zu kommen dann noch die Stewards und Stewardessen und bringen Essen, Snacks und Getränke. Vor uns sitzen leider keine Bekannten, sondern zwei „Kanaken", wie Schatzke sie betitelte. Beide bevorzugen zu liegen, also ihre Rückenlehnen nach hinten zu klappen, was unsere Sitzreihe erheblich schmälert. Wir fühlen uns sofort unzumutbar beengt. Schatzke bittet erst seinen, später auch meinen Vordermann um Rücksicht. Mein Vordermann hält sie dann auch den ganzen restlichen Flug ein, seiner leider nicht. So ungerecht ist die Welt. Hintereinander sehe ich mir zwei Lovestorys an, Männer sagen dazu Schmalzfilme. Ich muss sehr oft weinen. Die Tränen wische ich mir heimlich ab. Meist versuche ich ja, wenn mir mal die Tränen einschießen und ich nicht allein bin, meine Augen ganz weit aufzumachen. Dann können mehr Tränen im Unterlid gehalten werden und haben Zeit den Tränenkanal unbemerkt zu passieren. Diese Methode hilft heute nur begrenzt, aber es nimmt keiner weiter Notiz von mir. Nach beiden Filmen habe ich genug geweint und suche mir zuletzt noch eine bitterböse französische Komödie mit dem Titel „Der Vorname" aus. Im Bekanntenkreis gibt es einen werdenden Vater. Auf die Frage, wie denn das Kind heißen soll, antwortet dieser: „Adolph". Explizit nicht mit „f", sondern französisch mit „ph". Die Namenswahl egal ob mit „f" oder „ph" löst Entrüstung aus und die Diskussionen führen zu einer Spirale aus Enthüllungen und

Offenbarungen bisher zurückgehaltener Ehrlichkeiten, die in keinster Weise nachlässt, als die Schwangere auftaucht, die gar nichts von der Vornamenswahl weiß und auch den Spaß, den sich ihr Mann damit machen wollte, überhaupt nicht versteht. Es ist einfach herrlich, man könnte vor lauter Freude weinen, aber das geht nicht mehr. Die Tränen sind schon verbraucht. Bevor ich mir noch einen Film aussuchen kann, landet der Airbus in Caracas.

In Venezuela ist es heiß und tropisch feucht. Vorausschauend haben wir zuhause schon T-Shirts angezogen, über die wir ein Hemd bzw. Bluse und unsere Jacke gezogen haben. Diese Zwiebelschalen sind schon längst wieder im Koffer und alle Mitreisenden, die in ihrer Herbstkleidung triefen, schauen uns neidisch an. Uns bleiben das Hochgefühl und die Hitze. T-Shirts reichen nicht, an solch ein Klima muss man sich erst mal gewöhnen.

Wir müssen an der Passkontrolle anstehen. Dort sitzen fast ausschließlich junge Damen, allesamt drall oder wie Schatzke es ausdrückt: „Mann, die hat aber Möpse.". Das haben sie hier fast alle. Tolle Gegend. Nach dem Check-out werden wir in eine riesige Flughafenhalle entlassen und sofort begrüßt. Michael von Phönix-Reisen steht dort, tapfer das Schild mit dem Firmenlogo hochhaltend und im farblich passenden, typisch grünen Shirt gekleidet. „Herzlich Willkommen" versucht er jedem Einzelnen der zuströmenden Passagiere zuzurufen. Man scheint sich zu kennen, viele Stammgäste sind unter uns und ein Paradiesvogel. Dieser ist weiblichen Geschlechts, scheinbar allein reisend und völlig in Barbietönen gekleidet. Von lila über violett bis pink leuchten die Haare, ebenso die unzähligen Tattoos und zuletzt auch die vier Koffer. Ein Hingucker mit größtem Wiedererkennungswert aber leider ohne jegliche Erotik. Einfach nur lächerlich.

Michael wartet noch auf Nachzügler, aber gleich soll es losgehen, mit dem Bus, der schon draußen wartet. Wir sollen vorher das Gepäck zu einem kleinen Transporter bringen, aber eben nicht sofort. Wegen der Bummelanten, aber so nenne nur ich sie. Die Stammgäste warten aber nicht. Sie wissen, wo sie hinmüssen und sie haben den Jagdinstinkt in sich. Sie wollen schließlich einen guten Platz finden. Phönix würde keinen Bus mit weniger Plätzen als Reisende schicken, aber diese Logik hilft nicht beim Wettbewerb um die ersten Reihen. Wir nehmen ganz hinten Platz, vor uns finden sich auch Günther und Kristina ein. Um was wurde hier gekämpft? An den schwarzen Ledersitzen kleben überall Kaffeereste oder noch unergründlichere Sachen, die aber niemand ergründen möchte. Dazu strömt aus den Düsen über unseren Köpfen eiskalte Luft in einem bemerkenswerten Tempo, das man leider nicht drosseln kann. Mullemann hat Küchentücher mit, die sind die Rettung vorm Erfrierungstod oder zumindest einer heftigen Erkältung und werden in die Lüftungslöcher gestopft und dann geht es durch Caracas. Die Stadt ist bunt, mäßig sauber und scheint irgendwo zwischen Armut und basalem Wohlstand zu schweben. Im wahnwitzigen Verkehr stehen Polizisten und wedeln mit den Armen, wie um dem stockenden Verkehr Schwung verleihen zu wollen. Unsere Neustrelitzer bleiben unaufgeregt. Sie kennen schon alles, müssen sie ja auch, so als Reisebüroinhaber.

Wir kommen an, an unserem Schiff der Amadea. Sie liegt hinter dem Hafengebäude und sieht irgendwie klein aus, kleiner jedenfalls als wir dachten. Unsere Kabine haben wir sofort ausgemacht. Mullemann hatte stundenlang im Internet recherchiert, die Amadea gegoogelt und Fotos vergrößert. Wir wissen genau wo wir schlafen werden. Im Hafen nochmals Pass- und Handgepäckkontrolle und dann zur Gangway. „Willkommen zu Hause" steht auf dem Schild vor der ersten Stufe. Wir werden mit Sekt begrüßt. Puh! Doch schön. Leider werden wir dann einem nervigen Aufnahmeverfahren unterzogen, sogar ein Begrüßungsfoto soll gemacht werden. Ich bin total fertig. Vermutlich sehe ich auch so aus. Kein Anblick für ein Erinnerungsfoto. „Hab dich nicht so!", sagt ausgerechnet Mullemann, der sich eigentlich nie etwas vorschreiben lässt. So sei es dann, also ein Foto. Wir werden es später nicht kaufen, aus genannten Gründen. Dann werden in der Atlantik Lounge unsere Pässe wieder eingezogen, man macht mit einer Webcam nochmals ein Foto von uns und „plopp" spuckt ein Automat einen Bordausweis aus. Man stellt uns einer hübschen Philippinerin vor, deren Namen man weder aussprechen noch sich merken kann, zumindest nicht nach so einer langen Reise. Sie begleitet uns zu unserer Kabine. Die kleine süße Begleiterin öffnet die Tür, Schatzke sieht hinein und sagt „Total cool, Doppelbett". „Ja cool" lächelt unsere Etagendame zurück. Wir haben eine schöne, komfortable und große Kabine mit Doppelbett, reichlich Schrankraum und auf dem Tisch Obst und eine Flasche Sekt. Klar, dass wir sofort anstoßen und mit dem Glas Sekt auf den Balkon gehen. Ja er ist es. Wir haben die Amadea auf vielen Internetbilder so vergrößert, dass wir unseren Balkon erahnen konnten. Er schien der größte auf der Seite zu sein und er ist es wirklich. Es geht uns wieder bestens.

18:30 Uhr Rettungsübung. Seit Kapitän Schettino auf der Costa Concordia die Verneigung vor der Insel Giglio in einer Katastrophe enden ließ, muss diese nun immer am Ankunftstag vor dem Auslaufen durchgeführt werden. Aber unsere Crew möchte uns nicht unnötig strapazieren. Locker mit Witz und Herzblut werden wir ins Sicherheitskonzept eingewiesen. Nicht so wie auf den Animationsfilmchen, die einem heutzutage auf Flugzeugen angeboten werden, wo die Stewardessen bloß noch die Arme zur Seite reißen, um auf die Notausgänge zu zeigen oder den Gurtmechanismus demonstrieren. Unserer Rettungsübung wohnt eine Leiche bei, zumindest sieht sie so aus. Bleich, groß, kachektisch, äußerst schütteres Haupthaar und in ein weißes Leinenkleid gehüllt, das kurvenlos bis zum Boden reicht. „Muss eine Leiche überhaupt gerettet werden?" resümiere ich vor mich hin und da werden von der Bordfotografin auch schon Schnappschüsse gemacht. Wir beginnen, uns an sie zu gewöhnen.

Später gehts zum Abendessen. Zum Glück gibt es keine festen Plätze und Zeiten. Heute landen wir an einem Tisch mit zwei Paaren, die seit Hamburg, also seit über 100 Tagen, an Bord sind. Nach dem Essen kennen wir auch die Tour durchs Amazonasgebiet. Wir erfahren nebenbei auch wenig Wichtiges und viel Unwichtiges vom Bordleben und bemerken, dass man hier exquisit à la carte speisen kann. Anschließend geht bei mir gar nichts mehr. Seit dem Aufstehen 03:45

MEZ und momentan 22:00 Ortszeit sind fast 24 Stunden vergangen und ich falle ins Bett. „Wecke mich, wenn wir ablegen", sage ich noch zu Mullemann, denn die Neustrelitzer schwärmten so vom Lichtermeer Caracas. Wir verschlafen beide das Ablegen. Als Schatzke mich weckt, sind die Lichter noch zu sehen, aber leider schon weit entfernt. Ein kurzer Blick vom Balkon aus und dann verschwinde ich wieder ins Bett. Ich bin sofort vom Schlaf und nicht von Schatzke übermannt. Dieser dreht noch so seine Barrunden und muss auch zwei Zigarren geraucht haben, wenn die Quittungen in seiner Hosentasche nicht auf Spendierlaune zurückgeführt werden können. Mein armer, armer Kater. Aber das merkt er erst morgen früh.

9. November

Wir werden gegen halb neun Uhr wach, müssen aber unsere Uhren schon wieder vorstellen, 30 Minuten. Wir haben eine neue Zeitzone erreicht. Man muss versäumten Schlaf nicht nachholen, ich fühle mich fit. So sehr, dass ich auf meinen verkaterten Mann keine Rücksicht nehmen kann. Jetzt ist es soweit, jetzt muss es sein. Ich war zu lange auf Entzug. Meine Freundin, die mich ein Viertel meiner reproduktiven Zeit begleitet, ist diesen Monat noch nicht aufgetaucht. Auch Schatzkes Nachsehen, er sagt dazu „Stochern", hat sie nicht wie sonst zur Pünktlichkeit angehalten. So setzte er nach deren Ausbleiben eine Zwangspause fest, damit wir nicht zu dritt fliegen. Der Flug liegt ja nun hinter uns und so ergreife ich an diesem Morgen den voll erigierten Penis, er ist es jeden Morgen und man nennt ihn deshalb Moprala, und initiierte so den Morgenquickie. Schatzke kommt nicht, zu sehr plagen die Wein-, Whisky- und Zigarrengeister seinen armen Kopf. Mir hat von Schatzke auch der Rest genügt. Zumindest für diesen Akt.

Dann gehen wir zum Frühstück. Drinnen sitzt man klimatisiert, draußen an der frischen Luft. Ist das nicht toll Anfang November? Wir schaffen es nicht. Es ist viel zu schwül.

Um 09:30 Uhr lädt Ralf in die Atlantik Lounge zur Vorstellung der nächsten Ausflüge ein. Die Atlantik Lounge ist aufgebaut wie ein Varieté Theater, also ganz kuschelig. Die Sitze sind plüschig rot, zwischen zweien jeweils ein Tischchen, darauf ein Lämpchen mit einem Knopf, bei dessen Drücken signalisiert wird, man möchte einen Drink. Noch ist keine Showtime. Sooft Mullemann auch drückt, es kommt niemand und fragt, was er möchte.

Ralf ist herrlich schwul, eine Schwuchtel eben. Leider kann ich ihn nicht imitieren und Mullemann lehnt das kategorisch ab. Vielleicht fürchtet er, wenn er wie ein Schwuler redet, dann schwindet seine Männlichkeit. Das verstehe ich. Schatzke demonstriert innere Ablehnung. Er rutscht in seinem Sessel so weit nach vorn, dass die

Sitzpolster nachgeben. Ich glaube, er hat wirklich so viel Energie in die Gegenwehr gesteckt, dass ihm das Zuhören schlicht nicht möglich ist. So kommt es, dass wir nicht buchen können. Mullemann weiß gar nicht, um welche Ausflüge es geht. Welche Insel laufen wir denn an? „Das machen wir später.", sagt Schatzke schließlich. Von Abgabeschluss will er natürlich nichts wissen. Das würde bedeuten, ihn unter Druck zu setzen und das geht selbstverständlich gar nicht.

Wir erreichen die zu den Niederlanden gehörende Insel Bonaire und legen in Kralendjk an. Hier gehts sofort von Bord. Wir haben schon vor Antritt der Reise für die ersten Tage die Ausflüge buchen müssen und so gibt es jetzt keinen Diskussionsbedarf. Wir haben „Schnorcheln im Marineschutzpark" gewählt. Schnorcheln ist oft im Angebot, aber nur bei diesem wird man mit einer Dschunke transportiert. Es ist alles so, wie im Prospekt beschrieben. Die Dschunke, ein motorisierter Segler, bringt uns auf eine kleine unbewohnte Nachbarinsel. Viele Gäste sind wir zum Glück nicht. Mit von der Partie ist auch ein Paar mit Wiedererkennungswert. Beide sind von stattlicher Größe. Sein Haupt ist von einem roten Tuch umhüllt, er trägt eine Sonnenbrille von der dunklen undurchsichtigen Sorte, dazu ein knall oranges Hemd, dass seinen eindrucksvollen Bauch nicht kaschieren kann, darunter kommen zwei dünne Beine zum Vorschein. Apfelmännchenfigur eben, dazu ein Alphatier Gebaren, nicht unangenehm, aber auffallend. Er schart immer eine Runde Zuhörwilliger um sich, hält sich dabei am Großsegelfall fest und trotzt so der hohen See. Deshalb nimmt es nicht Wunder, dass er in meinem Kopf als „der Pirat" abgespeichert wird.

Nicht nur das Schiff, sondern das ganze Unternehmen nennt sich „Samur" und wird nicht von Holländern, sondern von Schweizerdeutschen betrieben, die seit Jahren dort leben. Auch ihr etwa 16 oder 17-jähriger Sohn ist mit an Bord. Eine Mitreisende fragt ihn: „Na vermisst du nicht manchmal dein Zuhause?" Er scheint die Frage überhaupt nicht zu verstehen und pariert: „Wieso? Ich bin doch zuhause." Es gibt eben doch dumme Fragen.

Das Schiff ist toll, sogar das Vorsegel wird gesetzt. Neben dem Kapitän umsorgen uns vier junge Leute. Wir bekommen einen kühlen Fruchtpunsch serviert und dann die Schnorchel Ausrüstung erklärt und ausgehändigt. Der Skipper gibt die Geschichte der Samur und andere Anekdoten zum Besten und schnell ist die Insel erreicht. Ruck zuck lege ich Taucherbrille, Flossen und die vorgeschriebene Schnorchelweste an und schnorchele sofort los. Dabei habe ich meinen Mullemann ganz vergessen. Als ich schließlich nach ihm Ausschau halte, entdecke ich ihn in Ufernähe mit bereits etwas aufgeblasener Weste. Mein Seemann segelt bei Windstärke 8 in der Nordsee, aber gegen seine Höhen- und Tiefenangst bis -panik hat er noch kein Mittel gefunden. Alkohol und Sedativa wären eine Lösung, sind aber leider untauglich bei Aktivitäten, die ein Reaktionsvermögen erfordern. Da hilft nur Ruhe und Begleitung. Er soll doch auch was Schönes sehen beim Schnorcheln und nicht bloß Sand. Der Schweizerdeutsche gibt Tipps, wo ungefährdet interessante Riffs zu erkunden sind. Von Skipper zu Skipper werden Ratschläge nicht als Bevormundung verstanden, sondern angenommen und so schnorcheln wir etwas uferabwärts eine Weile zusammen im flachen Wasser über ein tolles Riff. O.k. toll ist etwas anderes, aber zum Mut machen und Stolz sein passend charakterisiert. Dem gedanklich präsenten Gegenpart im Roten Meer hält hier nichts stand, aber den kennt Mullemann ja nicht. Damals auf der Ägyptenreise war ich schon mit der Phönix-GmbH unterwegs, aber unbemannt. Dafür waren die Kinder mit von der Partie, jetzt wollen sie ja nicht mehr mit. Was haben wir da für eine bunte Unterwasserwelt erkundet!

Am Strand entdecke ich dann noch Hausbesetzer. Muscheln, die von Krebsen geentert und vermutlich verspeist wurden. Nur das Haus ist übriggeblieben, mit dem huschen die Krebse jetzt über den Strand. Wie grausam ist doch die Natur!

Auf der Rückfahrt wird Rumpunsch ausgeschenkt, jedenfalls wird er so genannt. Es ist der Fruchtpunsch von vorhin, nur mit braunen Pünktchen auf der Oberfläche. Dazu wird Obst gereicht. Wir haben die Dschunke dann auch von innen inspiziert, alles ist funktionell, wenig maritim, man lebt ja auch nicht drauf. Der Skipper plaudert wieder, jetzt über die Papageienfische, die sich an den Korallen satt essen. Nach der Verdauung wird weißer Sand ausgeschieden. Ein Sandstrand ist demnach nichts anderes als Papageienfischkacke. Dann dreht er noch eine Runde durch den Hafen, wo wir die ersten Leguane unseres langen Lebens in ihrem natürlichen Lebensraum sehen.

Bestens unterhalten und gut gelaunt steigen wir aus und wieder ein in unsere Amadea. Man begrüßt uns mit kaltem Eistee in Sektgläsern, reicht uns feuchte Tücher und sofort können wir unsere Handtücher tauschen. Perfekter Service. Wir duschen und machen von der Kaffeezeit Gebrauch. Ursprünglich habe ich mir eingebildet, dass für mich als Mahlzeiten das Frühstück und das Abendessen genügen. Ein Trugschluss, der sich leider sehr schnell herausstellt. Das kann ja was werden. Wiegen werde ich mich nicht, egal wo hier Waagen aufgestellt sein sollten. Neben Kuchen, Keksen und Torten gibt es auch herzhafte Snacks. Wir essen vom Letzteren und machen uns auf, Kralendjk zu erkunden. Mein erster Kommentar: „Eine Puppenstube". Damit erklimme ich eine Laterne und mache eine sportliche Figur für das Erinnerungsfoto. Hier stehen lauter kleine bunte Häuschen aneinander gereiht mit ebenso kleinen Geschäften darin. Trotz des kleinen Ortes schieben sich viele Autos durch die zwei Hauptstraßen, die jeweils nur in einer Richtung befahren werden können. Auf Fußgänger wird viel Rücksicht genommen.

Direkt an der Strandpromenade entdecken wir eine Bar mit einer langen Terrasse direkt ins Meer hinein, sie wirkt mächtig karibisch. Zumindest ist das unser derzeitiger Eindruck und viele haben wir noch nicht von der Karibik, jedenfalls keine realen, nur die in den Medien vorgegaukelten, die einem dann in der Wirklichkeit oft den Spaß verderben, weil die nämlich profaner ist. Klar ist, dass wir jetzt einkehren. Mein erster Impuls ist, mir einen Tropical Cocktail zu bestellen, aber Schatzke ist schneller. „Two white wine". Eigentlich sagt er nach einem Versprecher auf einem Griechenlandtörn „weit weiß", aber das verstehen nur Eingeweihte. Lachen muss ich aber immer, denn gedanklich stößt mir dieser Lapsus immer auf, ihm aber auch und so grinsen wir gemeinsam. Wir sind ja auch Seelenverwandte, mein Mullemann und ich, der Eine sagt das, was der Andere gerade denkt und eben in diesem Moment auch sagen wollte. Manchmal geschieht das sogar exakt zeit- und wortgenau. Diesmal nicht, ich will gar keinen Weißwein. Aber ich zerstöre das Traumbild nicht und genieße den Ausblick aufs Meer. Das werden wir noch fortlaufend die nächsten zwei Wochen tun, aber dieser Moment ist auch fantastisch. Schatzke genießt auch, weniger das Meer als vielmehr die vielen Möpse und dann will er doch los. Wir flanieren weiter die Strandpromenade entlang und sehen im Wasser Seeigel. Einen Kontakt zu ihnen haben wir tunlichst vermieden. Wir bleiben bis zum Sonnenuntergang, den wir ausgiebig fotografieren, was uns ausnahmsweise auch gut gelungen ist. Sie kennen bestimmt auch die Diskrepanz zwischen dem perfekten Bild, das wir mit dem menschlichen Auge wahrnehmen und dem, dass wir mit einer 14 oder höheren Megapixel Kamera mit allen Extras aufnehmen. Heute sind wir mit dem Kameraergebnis zufrieden. Auf dem Rückweg bemerken wir ein fast ohrenbetäubendes Vogelgezwitscher. Der Bestand an schwarzen kleinen Vögeln der gesamten Insel, die Art kenne ich nicht, scheint sich in dem einen Baum an einem leeren Platz versammelt zu haben. Darunter kann man sich nicht stellen. Nicht nur wegen des zu erwartenden Hörschadens, sondern vielmehr wegen der Exkremente. Etwas weiter die Straße entlang hat noch eine Boutique geöffnet, es ist schon kurz vor sechs und die Geschäfte der Hauptstraße sind schon seit 17:00 geschlossen. Mein Mullemann ersteht eine Sommerhose. In Deutschland hat er doch keine mehr gefunden, die Saison ist ja auch schon lange vorüber. Diese kurze weiße Hose hat etwas Schwuliges an sich, aber das verrate ich ihm nicht, sonst zieht er sie nie an.

Als wir den Hafen erreichen, erstrahlt die Amadea schon im Lichterglanz. Auch dieser Eindruck lässt sich auf die Speicherkarte der 10 Megapixel Medion Kamera problemlos bannen.

Zeit zum Abendessen. Es gibt immer 4 Gänge und pro Gang drei bis vier Wahlmöglichkeiten. Selbstverständlich darf man Gänge auslassen, was wir nie machen oder Gänge mehrfach wählen, was bei uns vorkommen wird. Dazu wird gratis roter oder weißer trockener Tischwein, Wasser oder Saft eingeschenkt. Zuerst wählen wir zum Wein auch ein Glas Wasser, so als Alibi. Der Begriff ist unpassend, aber mir fällt nicht Intelligentes ein. Wir wollen vortäuschen, dass wir nebenbei ein Gläschen Wein zum Wasser trinken. Dass das Verhältnis umgekehrt ist, werden die Kellner schnell bemerkt haben, kommentieren werden sie es nicht. Heute und morgen jedenfalls noch nicht. Viel später, da wird so ein übermütiger lediger junger Mann, der schon für zwei Kinder Alimente zahlt und damit einen geheimen Bund mit Mullemann eingeht, der wird zu ihm „Mister white wine" sagen. Aber wie gesagt, viel viel später. Heute speisen wir im Seitenflügel des Amadea Restaurants, sind allein am Tisch und sagenhaft schnell fertig. Schade! So ein tolles Menü will doch zelebriert werden.

Am Abend treffen wir auf die inzwischen vier Neustrelitzer an der Poolbar und genießen gemeinsam Alfred Roland mit seinen Trommeln, die hier steel drums genannt werden. Zuletzt ist auch tanzbarer Sound dabei. Eine ältere Dame lässt sich nicht beirren, sie zieht allein ihre Tanzschritte übers Parkett bzw. die Schiffsplanken. Alle sind beeindruckt von ihrem Mut und ihrer Anmut. Ein paar Sounds später wissen wir mehr. Sie tanzt immer gleich, also die gleichen Schritte im gleichen Muster. Aber Schluss, ich greife ja immer vor. Zuletzt haben wir auch getanzt, weit weniger professionell als die Tänzerin, die ich seit jenem Abend so nenne, aber wieder mit viel Gefühl. Kristina hat die Tänzerin später noch getroffen und ihr gesagt, dass sie von ihren Bewegungen beeindruckt ist. „Toll" hat sie wörtlich gesagt. Die Dame entgegnete, dass sie jede Woche zweimal zum Tanzen geht. Schatzkes Kommentar dazu ist Folgender: „Dafür, dass sie immer das Gleiche tanzt, ganz schön oft." Kurz vor 22:00 Uhr hört der Trommler leider auf, er muss von Bord. Mit ihm auch die Schweizerdeutschen, unsere Samur Crew, nun sehen wir auch die Skipper Frau. Auf so einer ABC Insel ist alles übersichtlich, man kennt sich, es gibt überschaubar viele Drummer und Schnorchel Skipper. Machts gut!

Beim Ablegen hören wir über Lautsprecher nun erstmals den Kommentar vom Kreuzfahrtdirektor, den wir noch gar nicht kennengelernt haben. „Wir verabschieden uns von Bonaire und nehmen Kurs auf Aruba." Es folgt ein ohrenbetäubendes Signal. Wir werden sogar winkend verabschiedet, vermutlich steht die „Bonaire Kreuzfahrtschiff Dienstleistergemeinde" am Kai. Wir schauen noch lange hin, bis die Lichter verschwimmen. Schöner erster Karibiktag.

Anschließend ist nicht mehr viel los. Die vier Neustrelitzer verabschieden sich „ins Bett", der DJ schafft es nicht mehr, seine Gäste zum Bleiben geschweige denn zum Tanzen zu bewegen und so ziehen wir enttäuscht durch die Bars. Auch da ist nichts mehr los, aber Mullemann wird vom Personal begrüßt wie ein alter Bekannter. Was geschah gestern als ich schlief? Schatzke raucht trotz Einwänden, die er sich von mir wegen seiner engen und schon mehrfach gestenteten Herzkranzgefäße erbeten hat, ein Zigarillo. An der Poolbar bestellen wir noch eine Flasche Riesling, beim ersten Schluck aus dem Glas falle ich plötzlich ein, werde also blitzschnell müde und ebenso mufflig. Wir lassen uns die Flasche aufs Zimmer bringen und planen, den Abend auf dem Balkon ausklingen zu lassen. Ich schlafe sofort auf der Liege ein. Als ich wieder aufwache, sind mein Glas und die Flasche leer und mein Mann ist weg. Auf Bar Tour vermute ich. Gute Nacht!

10. November

Beim Aufwachen laufen wir Aruba an, nicht ohne das Gestrige zu wiederholen. Wir legen vor Oranjestad an. Auch so eine niederländische Insel, alles ähnlich wie Bonaire nur größer. Da steht doch glattweg ein Holländerviertel, wie man es von Potsdam her kennt, nur klatschbunt. Die dritte der ABC Insel, Curacao, steht nicht auf der Route, also trinken wir gleichnamiges Getränk, allerdings nicht heute, sondern später einmal im Swimmingpool.

Es werden keine Ausflüge angeboten, also sind wir ganz auf uns, unseren Unternehmungsgeist und unsere Kondition gestellt. Am Vormittag machen wir uns auf, Oranjestad zu erobern. Wir suchen die Wilhelminastraat. Jeden Morgen werden uns ein vier bis fünf DIN A4 Seiten umfassendes Tagesprogramm und eine ebenso umfangreiche Landgangsingformation unter der Kabinentür durchgesteckt. Dazu noch ein Blatt mit Nachrichten aus Deutschland und aller Welt. Aus der heutigen Post haben wir extrahiert, dass man die oben genannte Straße besuchen sollte, schon wegen der Häuser und des Baustils der „ein Musterbeispiel für das Oranjestad des 18. Jahrhundert" sein soll. Wir finden die Straße nicht.

Vor der Ära von Tom Tom und anderen Navigationshilfen, da war ich die beste Kartenleserein weit und breit. Nicht im Voodoo Voodoo Sinn, sondern im geografischen. Ich bin ja eine untypische Vertreterin der weiblichen Rasse und mit räumlich konstruktiven Fähigkeiten ausgestattet. Es gibt noch weitere Attribute, von denen ich jetzt nicht weiterrede, es passt schon mal wieder. Aber ich werde ja nicht mehr als Routenführerin gebraucht und so verkümmern meine Fähigkeiten. Jawohl, die Stadt ist übersichtlich, die Straßenzüge fast parallel und im rechten Winkel angelegt, aber ich habe keine Wilhelminastraat ausfindig machen können. Was wir finden, sind zahllose teure Schmuckläden an der Uferpromenade von Rolex über Gucci und ein rosa-weißes Shoppingcenter. Sonst wird die Stadt von einer Baustelle überzogen, überall aufgerissene Straßen und Absperrungen, an die sich keiner hält und völlig fehlende Hinweis- bzw. Straßenschilder. Ich kaufe erstmals ein leeres Heft, um diese Erinnerungen aufzuschreiben und ein Parfüm. Eines von Celine Dion. Na so dünn wie die geworden ist, genauso ist auch der Duft. Gesprüht und weg ist er oder versprüht im wahrsten Sinne. Möpse sind auch wieder reichlich zu sehen, nur nicht die an der Leine. Auf dem Rückweg merken wir erst am Ende der letzten Straße, dass wir die Wilhelminastraat entlang gestolpert sind. Sie ist total unspektakulär. Dagegen hat doch die Uferpromenade geradezu einen mondänen Charme und so suchen wir sie wieder auf.

Wir kommen gerade rechtzeitig zum Fotoshooting. Fünf Mitvierziger Damen in jungfräulich weißen Kleidern mit farbigen Bordüren und einem Make up, das denen nicht nachsteht, posieren sie vor einem Aruba Logo und schürzen die Glockenröcke. Ein herrlich kitschiger Anblick, den Mullemann mit seiner digitalen Spiegelreflexkamera perfekt auf die Speicherkarte bannt.

Meine Füße brennen. Ich kann nicht mehr laufen, zumindest nicht in den hochhackigen schwarzen Sandaletten. Vorn links kündigen sich erste Blasen an. Ich entledige mich der Schuhe, aber der Asphalt ist heiß und so brenne ich weiter, jetzt weiter unten. Also um Missverständnisse auszuräumen, ganz ganz unten rum. Um weiterzugehen, muss ich meinen Schattenplatz unter den Bäumen räumen. Schatzke hat einen Jachthafen erspäht, da will er hin. Was sehen wir da außer den Schiffen? Ein Pelikan ruht als Fotoobjekt am Ufer und es sonnt sich ein Leguan im Gras. Eine ältere Dame gibt uns zu verstehen, dass weiter hinten, so zwei Ecken weiter mehrere verschiedenartige Leguane zu sehen sind. Was wir finden, haben wir nicht erwartet - dutzende Leguane beim Salatbuffet. Was für ein Anblick. Die großen, scheinbar die Bosse, halten sich zurück. Dann stürzen sie plötzlich los, greifen sich ein Salatstück, fressen es auf und dann heben und senken sie ihr Haupt in festem Rhythmus. Wer weiß diese Geste zu deuten? „He. Seht her was ich kann." „He. Haltet ein, jetzt bin ich dran." Wir haben keinen Schimmer. Ich male mir ein Szenario aus, bei dem die beobachteten Echsen die Größe ihrer ausgestorbenen Vorfahren einnehmen, während wir hier weiter stehen. Jurassic Park wäre eine Komödie dagegen.

Meine Füße brennen weiter. Mullemann kann meine Klagen nicht länger ertragen und fordert mich auf, mich im Meer abzukühlen. Das liegt leider nicht barrierefrei vor uns. Also muss ich den Felsenstrand erklimmen, rutsche aus und breche mir fast das Genick, um dann endlich meine Wunden ins kühle Nass zu tauchen. Zurück gehts auch nicht leichter, aber es tut nicht mehr so weh. Es gibt bestimmt auch bequeme Schuhe, von Birkenstock zum Beispiel, aber nicht bei mir. In diesen wenigen Augenblicken des Lebens bereue ich das. Da sehen wir einen Pelikan. Der lenkt ab. Neben dem Jachthafen liegt ein Hotel. Vom Meer wurde ein halbkreisförmiges Areal abgetrennt und zum Pool umfunktioniert. Etliche Gäste treiben darin vor sich hin. Der Pelikan muss etwas Essbares im Pool entdeckt haben. Blitzschnell schießt er mit dem Schnabel voran senkrecht ins Wasser zwischen die dort treibenden Menschen. Sogar wir, in sicherer Entfernung stehend, erschrecken uns. Der Pelikan taucht mit einer Beute im Schnabel auf und weg ist er.

Wir flanieren dann noch um die Statur der Königin Wilhelmina und durch den nach ihr benannten Park und nun verlassen uns beide die Kräfte. An jeder Ecke lungern Leguane, ständig tauchen Pelikane nach Beute ins Wasser. Na und? Uns ist heiß, meine Füße brennen wieder. Barfuß gehen, das geht auch nicht mehr. Es ist so, als ob man quengelnde Kinder an der Hand hat. Die könnte man wenigstens anraunzen oder abschütteln, aber die Hitze macht sich da gar nichts draus. Ich quetsche mich wieder in die Sandaletten und die Blasenmarter. Wir gehen nicht mehr nebeneinander, mein Mullemann prescht voran. Entnervt erreichen wir das Rettungsschiff, unsere Amadea. Duschen und Mittagessen entspannen die Situation keineswegs, Schatzke lehnt jede Aktivität außerhalb des Schiffes kategorisch ab, aus gesundheitlichen Gründen versteht sich. Sein Herz macht auf sich aufmerksam und überhaupt, dieser Stress! Wir treffen bei Tisch Günther und Kristina. Beide wollen zum Strand. Sie bieten mir an, mich ihnen anzuschließen. Na das nehme ich doch sofort an, meine Lebensgeister sind längst wieder aktiv. Strand ich komme. Vielleicht kann man dort sogar schnorcheln, Lust dazu habe ich.

Pünktlich zur vereinbarten Zeit stehe ich an der Gangway. Zu dritt gehen wir von Bord. Vor dem Schiff leider kein Taxi. Siesta in Holland? Was nun? Dann eben zum Busbahnhof, er liegt ca. 500 Meter weit entfernt vom Hafen. Ich muss an meine Füße denken, aber sie Gott sei Dank noch nicht an mich. Auf dem Weg dorthin steht ein Kleinbus mit einem einheimischen Busfahrer. Der wollte uns schon heute Morgen eine Inseltour aufschwatzen. Da wollten wir noch nicht und sonst wohl auch niemand, denn er ist noch da. Bei ihm steht der Pirat und beide bemühen sich gemeinsam um Mitfahrer. Der Pirat hat scheinbar mehr Glück beim Entern, etliche Amadeagäste sitzen schon im Bus. Der Pirat gibt auf Deutsch die Routenpläne bekannt: „Inselrundfahrt mit Schwerpunkt im Norden und kurzer Badestopp am Eagle Beach." Da wollen wir sowieso hin, also machen wir mit und steigen ein. Aber es geht noch nicht los, es fehlen noch Bekannte vom Piraten und auch seine Frau ist noch nicht unter uns. Zehn Minuten in der Hitze zu warten macht launisch. „Die Zeit wird knapp!", „Worauf warten wir denn noch?", „Wann geht es denn los?", ein Dutzend Erwachsene machen dem Kindergequengele auf den Rücksitzen eines Familienautos auf Urlaubsreise Konkurrenz. Der Pirat versteht die Botschaft, die Route wird angepasst und die immer neuen Versionen mit uns abgestimmt. Die Tour an sich wird zusammengestrichen, der Badeaufenthalt verlängert.

Ein wenig habe ich den Piraten ja schon vorgestellt, nun näher betrachtet kommen noch einige Details dazu. Er ist so eine Art Prol-Millionär, vermutlich aus dem Ruhrpott, auch heute mit einem Tuch auf dem Kopf. Er ist tief gebräunt, sicher hat er auch die ganze Weltreise gebucht. Beim Reden und Lachen gibt er seine Bleaching Zähne preis, im Oberkiefer ist sogar ein Diamant eingefasst. Immer dabei sein I-Pad, mit dem er ständig Fotos schießt.

Endlich kommen die erwarteten Bekannten und auch die Piratenbraut. Es geht los. Ihr Mann stellt seine Alphatiermentalität wieder unter Beweis, managt also die Tour, was sich gut auszahlt. Wir bekommen alles übersetzt und er organisiert mit dem Fahrer alles so, dass wir wieder pünktlich den Hafen erreichen, bevor die Amadea ablegt. Der Fahrer ist ein Schwarzer mit einem herrlich ansteckenden Humor. Alles was er erzählt, sagt er bedeutungsvoll. Auch wenn er nur einen Ortsnamen nennt, glaubt man an einer Enthüllung teilzuhaben. Dann wiederholt er das Gesagte mehrfach, nicht ohne jedes Mal ein herzhaftes Lachen auszustoßen. Irgendwann lachen alle mit.

Auf diese Weise sehen wir den Norden der Insel mit den „Felsgärten". Wer denkt, in Mecklenburg-Vorpommern die größten Findlinge gesehen zu haben, der wird hier eines Besseren belehrt. Wie verstreut oder aufeinandergestapelt liegen tausende Tonnen schwere Diorit Blöcke. Sehr imposant. Weiter gehts zur St. Anna Kirche, dem Leuchtturm, den Divi Divi Bäume und Palm Beach. Dieser Ort passt nicht auf die Insel mit ihren kleinen holländischen Häusern. Der Badeort ist rein touristisch angelegt und noch auf Expansionskurs. Hochgeschosshotels reihen sich am Strand entlang, dazu riesige Jeeps auf der Straße. Ich war noch nie in Amerika, aber das muss ein Vorgeschmack sein. Unterwegs haben wir von Mauern umgebene Eigenheim Siedlungen mit Überwachungskameras und wenigen Toreinfahrten gesehen, auch so neu moderne amerikanische Snob-Enklaven.

Am Eagle Beach machen wir Badepause, hier ist wirklich nur Strand. Er ist breit und besteht aus feinem Sand. Leider tobt das davorliegende Meer in den Wellen der Speed Boote, so dass mir ein Hinausschwimmen oder Schnorcheln zu gefährlich erscheint. Ich möchte mich nicht köpfen lassen, das wäre zu schade. Der Pirat legt auch im Wasser sein Kopftuch nicht ab. Was hat er zu verbergen? Zwei Tage später sitzt er ohne beim Frühstück, dafür mit Glatze. Wieder im Bus hören wir noch Interessantes über Land und Leute. Die ganze Insel lebt ausschließlich vom Tourismus, es wird nichts selbst produziert, alles muss importiert werden. Jeder Arubaner erhält ein Stück Land, ausschließlich im Inneren der Insel, auf dem er ein Haus bauen kann. Dann muss er das Land pachten. Die Vegetation ist sehr spärlich, da es selten und wenig regnet. Bäume gibt es nur, wenn man sie anpflanzt und wässert, sonst wachsen nur Kakteen und Buschwerk. Die

Arubaner sind kein arbeitsames Völkchen, es ist einfach zu heiß. Dennoch fährt jeder ein Auto und wenn sie nicht darin sitzen und die Straßen blockieren, dann sind sie zu Hause vor dem Fernseher oder dem PC. Das ist nicht mein erster und fremdenfeindlicher Eindruck, es sind die Worte des einheimischen Fahrers.

Gut gelaunt und völlig entspannt erreichen wir absolut pünktlich wieder den Hafen und entrichten unseren Kostenbeitrag von zehn Dollar pro Person. Glücklich über unser Schnäppchen machen wir noch ein Abschiedsfoto mit dem ebenso glücklichen Fahrer, der ein gutes Geschäft gemacht hat. Kristina meint, die Bilder seien leider alle zu dunkel geworden, man erkenne den Fahrer gar nicht. Die Fotos sind gar nicht dunkel, haben nur einen dunklen Fleck, so einen Schwarzen bekommt man nicht aufgehellt. Unsere Standardkameras richten in der Automatik die Belichtung auf unsere Gesichter aus, er bleibt dunkel. Blöde Kameras. Mullemann ist auch nicht entspannter als wir, nur leider hat er weniger erlebt. Hinterher ist man ja immer klüger. Aber er freut sich mit uns.

Heute speisen wir erstmals im Restaurant „Vier Jahreszeiten" auf Deck 5. Es imponiert doch um Einiges elitärer als das „Amadea Restaurant" auf dem Lido Deck. Aber haben wir uns das nicht verdient? Nein, wir gehören einfach hierher. Wieder kommt das Vier Gänge Menü, aber der Ablauf des Auf- und Abtragens mit angemessenen Pausen, das Ambiente und die Zusammensetzung der Gäste sind um Klassen besser hier. Initial dachte ich, die Gäste der Decks vier bis sechs speisen im „Vier Jahreszeiten", ab Deck sieben im „Amadea" schon der Einfachheit halber. Aber weit gefehlt. Hier tummeln sich auch die, die gesehen werden wollen. Es gibt es zwei große runde Tische a 12 Personen für Alleinreisende. Klasse Idee. An einem der kleineren Tische sitzen eine Frau mit aufgespritzten Lippen und ihr unscheinbarer Begleiter, sicher ihr Zahlemann.

Im Abendprogramm wird ein Vortrag über die Piraterie in der Karibik angeboten. Wir sind vor Ort, aber bevor wir einschlafen, gehen wir ins Bett.

11. November

Heute bleiben wir auf hoher See. Kein Landgang wird uns unsere Kräfte rauben oder meine Füße zum Brennen bringen. Am linken Fuß ist es leider doch zu zwei Blasen gekommen, die ich schon angestochen habe. Besser wird es dadurch nicht.

Am Morgen kommt meine Freundin. Sie hat sich überhaupt nicht angekündigt, keine Entschuldigung für die völlig überzogene Verspätung, einfach da ist sie. Jeden Monat nervt sie mich bis auf zwei schöne Jahre vor und nach den Geburten meiner Kinder. Aber sie wird allmählich unpünktlich. Heute hier an Bord macht mich ihr Besuch jedoch stolz. Zu den anderen weiblichen Schiffsreisenden kommt sie schon lange nicht mehr. Ich bin also eine Auserwählte. Ich bin noch jung, zumindest hier.

Heute wirbt Ulfi um acht und um elf Uhr mit sportlichen Aktivitäten. So ein Angebot können wir nicht annehmen. Vor ein paar Jahren, als ich noch Single und einige Pfunde leichter war, hätte ich bei beiden Terminen versucht, die Beste zu sein. Dieser Ehrgeiz hat mich verlassen und dazu kommt die Sorge, die Fotografin kommt vorbei. Nicht auszudenken, solche Fotos auf dem Foto Deck ausgestellt wiederzufinden. Unsere Bordfotografin ist sehr fleißig und stellt ihre Arbeiten großflächig aus. Nur die aktuellen passen in die Vitrinen, der Rest ist an zwei Fototerminals abrufbar. So kann jeder Gast jeden anderen beim Landgang, der Rettungsübung, den Empfängen etc. sehen, neidisch bewundern, mitleidig belächeln oder sich großartig fühlen, wenn er sich gut getroffen wähnt.

Um elf Uhr elf wird auf Deck elf, dem Sonnendeck, der elfte November mit Bier für einen Euro elf begrüßt, aber auch das verpassen wir. Was wir in all den Stunden gemacht haben, möchten Sie wissen? Nach dem Frühstück haben wir auf unserem Balkon vor uns hingegammelt. Wir lesen und halten unseren Bauch in die Sonne. Ich lese sogar den Katalog „Seereisen" der aktuellen Saison, als ob ich einen Preis gewinnen könnte, wenn ich die Unterschiede zwischen den

Phönix Schiffen oder den Routen oder vielleicht sogar die Preisangebote kenne. Schatzke hat nicht so viel Ausdauer, er wechselt seinen Liegeplatz vom Balkon ins Doppelbett.

Den Spieltreff um 14:15 Uhr lassen wir auch aus. Es geht auf 14:30 Uhr zu und auch zu diesem Termin möchte ich nicht. Der Schiffsarzt lädt zum Ärztetreff. Ich bin eine Ärztin, will aber nicht hin. Warum? Damit man mich nicht registriert und im Notfall holt? Das ist nicht der Grund. Weil ich mich nicht outen möchte? Das ist es auch nicht. Ich habe schlichtweg Lampenfieber oder eine unbestimmte Angst. Ich, die Chefärztin, bestens geschult in Personal- und Gesprächsführung, in Projekt- und Changemanagement, in leitender Funktion seit dreizehn Jahren habe Schiss. Aber das gebe ich nicht zu, ich werfe oben genannte Argumente in die Diskussion. Aber es hilft nicht, Mullemann besteht auf meiner Teilnahme. Ich versuche ein letztes Ass auszuspielen. „Ich gehe, aber nur, wenn du zum Reiki Seminar gehst." Das findet zeitgleich im Kino statt. Oh je, er stimmt zu. Dann mal durch, hinterher haben wir Stoff zum Austauschen und Lachen. Ich ziehe mein schönes Sommerkleid an und gehe zur Kopernikusbar. Dort sitzen schon Dr. Georg Schmidt mit seiner Krankenschwester und sieben Kollegen im Ruhestand. Die Zusammensetzung spiegelt den demografischen Schnitt der Gästeliste wieder, aber das habe ich ja vermutet. Was mache ich hier bloß? Es kommt zum Wehklagen über die aktuelle Gesundheitspolitik, wobei auch die Schweiz einbezogen wird. Ja, ja alles ist nicht mehr so wie früher. Ich will weg. Wir bekommen ein Glas Sekt zum Anstoßen, ich führe innere Selbstgespräche. Warum nur findet ein Medizinertreffen in einer Raucherbar statt? Etwas angestachelt werde ich, als eine Liste herumgereicht wird. Wir sollen uns eintragen mit Namen, Fachrichtung und Kabinennummer. Alle tragen brav ihre Daten ein, nur ich frage weshalb. „Damit wir auslosen können, wer den Sekt bezahlt.", entgegnet Dr. Schmidt. Das Niveau ist prickelnd wie der Sekt. Eine wirkliche Antwort erhalte ich nicht, erst viel später gibt mir dann die Krankenschwester Recht. Man würde auf uns zukommen, wenn mal eine Epidemie oder ein Massenunfall auftritt. Eine Kollegin aus der Schweiz verwickelt mich in ein Gespräch, ein Glück muss ich zugeben, es wird nett. Ihr erzähle ich auch von dem Deal mit dem Reiki und meinem Mann. Da gibt sie zu, auf einer Kreuzfahrt Interesse halber auch zur Reiki Einführungsveranstaltung gegangen zu sein. Sie hat aber nicht bis zum Schluss durchgehalten. Schatzke schaut herein, der Reiki-Kurs ist schon zu Ende. Wir lachen zu dritt über den Blödsinn und weg ist er. Dann erfahren wir doch noch interessante Dinge von der Organisation und den Aufgaben des medizinischen Personals an Bord und können uns auch das Hospital, also alle Räumlichkeiten und die Ausstattung ansehen. Dr. Schmidt ist erst seit Caracas an Bord, er hat seinen ersten Einsatz als Schiffsarzt. „Ich wollte mal was Neues ausprobieren.", sagt er. Eine Midworkcrisis also führt ihn hierher. Er ist in meinem Alter. Na gut, ich habe mich ja auch vor 2 Jahren beruflich verändert. Er hat auch nur einen sechs Monatsvertrag geschlossen, ist zugleich Offizier und damit dem Kapitän unterstellt. Ob zum Beispiel ein erkrankter Passagier ausgeflogen wird oder das Schiff seine Route ändert, entscheidet der Kapitän. Der Schiffsarzt fungiert nur als Berater, verrät er uns. Die Krankenschwester ist eine ganz Taffe. Ich nehme an, dass sie den Laden eigentlich managt und sich ihre Pläne nur absegnen lässt. Sie hat auch einen Offiziersgrad, aber nur den mit einem Streifen. Damit ist es ihr untersagt, in den Gästerestaurants zu essen oder die Fahrstühle zu benutzen. Flache Hierarchie kann man das nicht nennen. Schatzke erscheint im Hospital, der 16:00 Uhr Bingo Termin steht an. Wir müssen ihn ausfallen lassen, ich kann nicht weg, es ist zu spannend. Das Lampenfieber war unbegründet. Wir debattieren noch über die häufigsten Gründe an Bord einen Arzt aufzusuchen und welche Notfälle beherrscht werden können, da entdecke ich doch in der Ecke eine Maschine, die mir bekannt vorkommt. Es ist ein Beatmungsgerät. Man das sind ja Aussichten. Ja so akut kann es schon mal werden, oft wegen eines Lungenödems, es sind ja nicht die Jüngsten, die hier reisen und dann die Hitze und die Schwüle und die Exsikose. Ich komme in Fahrt und konstruiere ein Szenario, was denn getan werden kann, wenn sich jemand den Kopf stößt und später eintrübt. Natürlich kann so etwas nur einer Neurologin einfallen, aber Dr. Schmidt entgegnet trocken, „Na trepanieren tue ich nicht". Überhaupt wägt er ab, woran der Patient mehr Schaden nehmen könnte, durch einen selbst inszenierten invasiven Eingriff oder durch Abwarten bis eine Verlegung in ein Krankenhaus möglich ist. Ob er die Gegebenheiten so mancher Hospitäler in den an zulaufenden Ländern kennt? Ich glaube, er ist so ein ganz Cooler, der ohne Gewissensbisse abwarten kann und der sich auch nicht totarbeiten wird. Apropos Tod. Es sterben so ca. zwei Gäste auf einer Weltreise und dafür habe man auch einen Kühlraum an Bord. Nun muss ich doch los.

Wir werfen uns in Schale, heute Abend ist Kapitänsempfang. Mullemann trägt seinen neuen schwarzen Anzug, ein lila Hemd mit Krawatte und seine schwarzen Hochzeitsschuhe. Also die von der letzten Hochzeit, auf der er mich geheiratet hat und das ist ja erst vier Jahre her. Ich trage nicht mein Hochzeitskleid, es wäre für dieses Event passend, aber es passt nicht mehr bzw. ich passe nicht mehr rein. So trage ich das teure 500 Euro Abendkleid, das ich bei einer Modenschau in Erfurt gekauft habe. Eigentlich sollte es ja 670 Euro kosten. Ich habe es damals bei einem Model gesehen und sofort gewusst, das muss ich haben. Nun führe ich es zum dritten Mal aus.

Vorm Kapitänsempfang müssen wir anstehen, Schatzkes Ding ist so etwas nie. Wieso soll er auch anstehen? Um jemanden die Hand geben zu dürfen? Er ist doch schließlich auch wer. Es ist ein kleines Schiff und die meisten sind ja Weiterreisende und haben schon etliche Kapitänsempfänge hinter sich. Die Wartezeit ist also zu kurz, um unnötige Durchhalteparolen auszurufen. Wir sind dran. Magnus Olsson ist unverbindlich freundlich und lässt sich auf kein noch so kurzes Gespräch ein. Schatzke eröffnet: „Hallo Skipper". Dieser schüttelt seine Hand und lächelt. „Wir segeln auch", wirft Schatzke ein. „Ich wünsche Ihnen noch einen schönen Urlaub.", antwortet Kapitän Olsson. Auf den dritten Satz von Mullemann reagiert er nicht mehr, die nächsten Gäste sind dran. Schatzke ist tief enttäuscht. Magnus Olsson ist Südschwede, die sind vermutlich noch wortkarger als die aus Meck Pomm und wer weiß, was er überhaupt an deutschen Worten versteht. Wir werden nahtlos zum nächsten Fotoshooting mit dem Kreuzfahrtdirektor geführt. Christoph Knippel ist schon gesprächiger und auch empathischer, aber Mullemann nicht mehr.

Stur sein gehört zu den nordischen Stärken und da liegen seine Wurzeln. In der Atlantik Lounge wird Sekt oder Kir Royal gereicht, der Empfang geht weiter. Die Schiffs- und Hoteloffiziere und das Phönix Team stellen sich vor. Schatzke ist auch nach dem dritten Glas Sekt nicht versöhnt. Unter uns, auch drei Tage später, ich schreibe gerade diese Begegnung auf, sitzt der Stachel noch immer tief in seinem Fleisch, auch wenn er nicht mehr so schmerzt. Er ist einer gedämpften Wut gewichen. „Pah! Was ist das denn für ein Kapitän, der nicht mal ein paar Worte mit seinen Gästen wechselt, nicht mal mit denen, die auch zur See fahren."

Unsere Neustrelitzer springen nach dem offiziellen Empfang gleich auf. Sie wollen das Abendessen wieder an ihrem Tisch in der Ecke einnehmen. Sie sitzen dort zu allen Mahlzeiten, falls der Platz frei ist. Das ist er aber nicht, wenn man sich nicht beeilt. Die Ecke hat eine Geschichte. Also vor langer langer Zeit auf irgendeiner Weltreise der Amadea saß dort in der Ecke eine ältere Dame. Günther und Kristina traten eine ihrer Etappen- bzw. Dienstreisen an und setzten sich bei der ersten Mahlzeit zur besagten Dame. Sie haben sich gut verstanden und Bekanntschaft geschlossen und von nun an oft gemeinsam dort beim Essen gesessen. Kristina schwärmt noch immer vom herrlich schwarzen Humor der Frau. Diese war Stammreisende auf der Amadea, sprich nur zu Werftzeiten nicht an Bord. Eben diese Reisende trafen sie wieder, bei ihrer nächsten Amadeafahrt in genau dergleichen Ecke. Nun ist die Dame nicht mehr an Bord aber die Ecke. Na das ist doch ein nachvollziehbarer Grund für die Spurts vor den Essenszeiten oder?

Wir haben solch Geschichte nicht und gehen wieder ins „Vier Jahreszeiten". Leider kann ich die Menüfolge nicht referieren, aber es schmeckt deliziös. Anschließend zieht es uns wieder in die Atlantik Lounge. Schatzke will eine Aussprache mit dem Kapitän führen. Blödsinn, der ist längst wieder auf der Brücke. Wir folgen in Wahrheit der nächsten Einladung zur Show „Lord of the Dance". Das Showensemble, bestehend aus drei Frauen und drei Männern, macht das wirklich toll. Besser als die Variante, die durch kleine deutsche

Städte wie Brandenburg, Neustrelitz oder Waren tingelt. Diese haben wir mal kennengelernt im Stahlpalast für Karten so um die 40 Euro. Schon vor der Pause haben wir wieder in der Bushaltestelle gefroren, weil wir es nicht ertragen konnten. Der Nachtbus hat uns dann nach Hause gebracht. Hier aber werden unsere Erwartungen an einen irish step dance erfüllt. Nur der eine Moppel passt nicht ganz in die Truppe, zumal er nicht nur vom Umfang her, sondern auch von der Größe die anderen übertrifft. So etwa wie in dem Film „Die 7 Zwerge" mit Otto Waalkes. Da wollte auch so ein großer Hüne bei den Zwergen mitmachen. Zuerst klappte das nicht, nicht mal wegen seiner Statur, sondern wegen „Wir sind aber schon sieben". Der Vergleich drängt sich mir nun auf, die meisten werden wissen, was ich meine. Der Moppel sieht putzig aus, wenn er so steppt. Ich habe ihn dann ausgeblendet, um den Gesamteindruck nicht zu beeinträchtigen. Ich habe mich so gesetzt, dass er hinter der vor mir sitzenden Frau verschwindet. Manchmal ist es eben besser, nicht in der ersten Reihe zu sitzen.

Schatzke möchte nach der Show den Tag noch nicht beenden, ich und meine Freundin wollen aber ins Bett. Sie zwickt mich am Bauch, um dem Wunsch Nachdruck zu verleihen. Morgen macht sie erste Abschiedsvorbereitungen, dann gehts mir wieder besser. Schnell schlafen wir beim Schaukeln des Schiffes ein.

12. November

Es ist mein Geburtstag. Wie schön, dass diese Kreuzfahrt sich mit meinem Ehrentag überschneidet und uns so zur Buchung genötigt hat. Wer will sich schon einen satten Rabatt entgehen lassen? Ich berichtete ja schon von der Entscheidungsfindung an der Blauen Lagune.

Es hat auch keine zwei Minuten gedauert, da hat mir Mullemann zum Geburtstag gratuliert. Ich hoffte ja insgeheim, er würde ihn so circa eine Stunde lang vergessen, dann wären wir quitt und er hätte eine Story weniger über seine Mulle zu lästern. Er möchte mich nicht damit ärgern, aber so kleine Anekdoten gibt er gern in familiärer oder Freundesrunde zum Besten. Es Selbstverherrlichung zu nennen ist vielleicht etwas übertrieben, aber eine Stichelei ist es immer. Die Geschichte mit dem Geburtstag begann in diesem Jahr am 23. September. Wir sind gemeinsam mit den Bläsern aus Erfurt in Dresden und ich freue mich schon auf das Turmblasen von der Frauenkirche. Da kann Stolz aufkommen oder? Wer darf das schon? Jeder Bläserchor, der sich anmeldet. Aber das weiß kein Nichtbläser und davon gibt es eine Menge, zum Beispiel Arbeitskollegen, Freunde, Verwandte. Also an diesem Morgen wachen wir auf, ich in freudiger Erwartung und gehen zum Frühstück. Schatzke wirkt irgendwie gereizt, dysthym würde es auch treffen. Es ist kein Grund auszumachen, man kann ihn auch nicht konkret ansprechen, aber er ist anders als sonst. Nervt ihn das Hotel, weil man hier sein Geschirr abräumen muss? Hat er genug von den leut- und redseligen Frommen? Wieder oben im Zimmer klingelt sein Handy. Erst nehme ich an, es ist seine Mutter, dann doch wieder nicht. Er ist zu freundlich am Telefon, er lächelt sogar. Zuletzt sagt er: „Danke schön" und strahlt. Dieses Verhalten ist konträr zu allem, wie ich ihn bisher mit seiner Mutter erlebt habe. Und da fällt es mir ein. Er hat Geburtstag. Nach überschwänglichen Glückwünschen, Umarmungen, Entschuldigungen und Beteuerungen wird er wieder der Alte. Bis heute streitet er ab, dass es ihm überhaupt etwas ausgemacht hat, dass ich seinen Geburtstag vergessen habe. Nun ich bekomme meine Gratulation beim Aufschlagen meiner Augen.

Beim Erwachen sind wir noch auf See und steuern ein USA Territorium an. Puerto Rico. Gestern schon warf dieser Karibikstopp seine Schatten auf unsere Insel der Glückseligkeit, eigentlich ja nur auf die der Crew. Diese informierte uns über anstehende Unannehmlichkeiten, Einschränkungen, Kontrollen usw. Wir sollen auf jeden Fall Ruhe bewahren. Waren wir nicht die Ruhe selbst? Ja, waren wir, jedenfalls bis die Phönix Mannschaft den Samen der Angst säte. Stimmt wirklich alles mit unseren Papieren? Man könnte uns sogar des Landes verweisen. Die Kontrollen könnten so lange dauern, dass ein Landgang nicht mehr realisierbar ist. Blöde Amis. So entsteht Fremdenhass. Aus mir nicht mehr erinnerlichen Gründen wurde über Nacht das Wasser aus dem Pool abgelassen. Hygienebestimmungen oder so. Wir sollen auch nicht unsere Marmeladentöpfchen und Milchkännchen vermissen, auf dem Hoheitsgebiet der Vereinigten Staaten von Amerika gibt es alles, aber nur abgepackt.

Auf dem Kanal 1 unseres Fernseh-Computers läuft der Bordkanal mit permanent aktualisierten Informationen über Wetter, Route, Kurs, Geschwindigkeit und die Temperaturen von Luft, Meer und Pool. Heute steht dort: Temperatur im Pool: „leer" und für unsere nicht deutschsprechende Crew „empty". Schatzke ist etwas erregt. Dass er im Gang bewaffneten Amis begegnen könnte, findet er unangemessen und skandalös.

„Ich beschwere mich bei Phönix. Ich verlange eine Reisepreisreduzierung von mindestens 20 Prozent." Gründe dafür hat er selbstverständlich parat. „Ich fühle mich bedroht." Diskutieren ist jetzt sinnlos, ich versuche ihn zu beschwichtigen. Ob er wenigstens den Stinkefinger zeigen dürfe, will er noch wissen. Eine gute Idee ist das gewiss nicht, aber die Aufspulspirale ist nicht zu stoppen. Nun habe ich mich mitreißen lassen, dabei sind wir doch fröhlich aufgewacht.

Wir betreten sorglos das Sonnendeck, noch sind die Amis nicht zu sehen. Die Anlegemanöver beobachten wir immer von hier oben, man hat einen grandiosen Überblick und viele tolle Fotomotive. Heute wird uns klar, San Juan ist größer als die bisherigen Karibikstädte, die wir angelaufen haben. Viel Polizei ist nicht am Kai. „Die sind alle noch da drin.", meint Schatzke und zeigt auf das Hafengebäude. Wir bleiben noch eine Weile auf Deck, aber sie kommen nicht raus. Bevor Schatzke sein Gesicht verliert, folgen wir dem Nahrungstrieb.

Wir finden Platz in der „Ecke", Günther und Kristina sind schon da. Mullemann bekommt Auftrieb, er findet ein neues Auditorium. Schlagworte wie Preisnachlass, Bedrohung, Stinkefinger oder Frechheit fallen. Günther reagiert sachlich deeskalierend. Der Wind ist raus aus den Segeln, wir frühstücken. Aber dann bekommt die Glut neue Nahrung. Unser Kapitän taucht auf. Heute ist er nicht der kühle Norde, der Abweisende und Unnahbare. Heute ist er für uns Beschützer, Vertrauter und Held. Er kommt in Begleitung einer amerikanischen Offizierin, die das Buffet kontrolliert. Es gibt Bestimmungen, die sogar uns ordentliche, gesetzestreue und gesundheitsbewusste Deutsche vor neue Herausforderungen stellen. Butter, Milch, Marmelade liegen friedlich in abgepackter Kleinstmenge sortiert auf den Auslagen. Salate werden nicht dargeboten, sondern serviert, aber weiß der Teufel, was ihr missfallen hat. Sie soll noch bis in die Nachmittagsstunden geschnüffelt und gemosert haben. Nun wir wissen es ja, die Filmindustrie hat es uns gelehrt. Amerikaner sind Helden, sie retten die Welt, gut dass sie da sind und auf uns aufpassen. Wir hätten uns krank gegessen, wenn sie nicht endlich auf unserem Schiff gelandet wären.

Ab 9:00 Uhr werden wir deckweise in die Atlantiklounge gerufen, bekommen unsere Pässe in die Hand gedrückt, gehen damit zu den aufgebauten Tischen, hinter denen die Puerto-Ricaner sitzen und werden von diesen in Augenschein genommen. Alle lächeln uns freundlich zu, stempeln unseren Pass, der uns anschließend wieder von den Phönix Mitarbeitern abgenommen wird und aus ist die Prozedur. Schusswaffen haben wir nicht gesehen, nicht einmal etwas Ungewöhnliches. Hätte man uns gestern nicht „in Kenntnis" gesetzt, wir hätten nichts bemerkt.

Mit Michael aus Magdeburg geht es dann in den Regenwald „El Yunque". Beim Vorstellen der Ausflüge wurden wir um drei Dinge gebeten. Erstens: „Kommen Sie nicht zu früh!". Zweitens: „Kommen sie immer zusammen, wenn sie gemeinsam fahren wollen." Drittens habe ich vergessen. Das liegt nicht an meinem Alter. Auch nicht an einer präsenilen Demenz, Alzheimer genannt. Es liegt nur daran, dass ich mir unwichtige Dinge nicht merken will. Basta! Als unser Ausflug durchgesagt wird, hat Mullemann noch etwas gebummelt. Nicht mehr als sonst, er ist nicht der Schnellste, wenn es losgehen soll. Toilette, Augentropfen, Rucksack, Brieftaschenkontrolle, das dauert eben. Als wir am Treffpunkt erscheinen, ist die Forrest Gruppe schon weg und Schatzke zu allem Unglück auch. Er schaut in einem anderen Gang nach der Ausflugstruppe. Damit haben wir die Bitten Eins und Zwei verletzt und vermutlich auch die Dritte, wenngleich wir deren Inhalt nicht kennen. Aber des Gastes Glückseligkeit wird höher bewertet als seine Verfehlungen und so bekommen wir Order, wo wir uns ohne Führung einzufinden haben. Kurz wir sind los und auch etwas gerannt, was bei diesem feucht heißen Klima immer vermieden werden sollte und landen bei Michael aus Magdeburg im Bus „1". Ein Glücksfall, wie sich später herausstellt, denn die Reisenden von Bus „2" sind im Regenwald erst gar nicht ausgestiegen. Warum? Weil es geregnet hat!

Auf der Fahrt erfahren wir viel von der von Kriegen und Blut strotzenden Geschichte Puerto Ricos und etwas über die aktuelle politische Lage. In einer Volksabstimmung haben sich die Einwohner für einen Antrag als 51. Bundesstaat anerkannt zu werden, ausgesprochen. Aktuell hat die Insel den Status eines USA Überseeterritoriums. Sie haben sich scheinbar schon vorbereitet oder sich angebiedert. Auf jeden Fall sind die Amis gern hier, um Urlaub zu machen. Überall schießen große Hotelanlagen aus dem Boden. Wir fahren die Küstenstraße entlang und plötzlich ändert sich das Bild, als ob ein Schalter umgelegt wird. Die sauber gepflegten, unbewohnt wirkenden hoch gebauten Anwesen wechseln in ein Gemenge aus Bretterverschlägen, erbärmlich anheimelnden Bars und Outdorgrills. Aber erst hier kommt Karibikflair auf.

Wir erreichen den Regenwald. O.k. er ist nicht mit dem Amazonasgebiet zu vergleichen, aber wir haben ja keinen Vergleich und so sind wir beeindruckt. Vor allem, dass es Farnbäume gibt. Wir freuen uns daheim über unseren Farn im Topf und weniger über den im Garten, denn der will nicht so recht wachsen. Aber hier in Baumform und -größe, das ist selbst für uns Abgeklärte noch etwas zum Bestaunen. Wir bekommen einen Wasserfall zu sehen, der uns nicht vom Hocker reißt und dann einen Ausblick vom Aussichtsturm Los Piccachos. Regenwald von oben, danach gehts in denselben.

Auch hier hat sich das Kommerzialisierte durchgesetzt. Es gibt mehrere Routen verschiedener Länge, je nach verfügbarer Zeit. Alle sind befestigt und in Abständen von 400 bis 500 Metern mit einer Unterstellmöglichkeit versehen, falls es regnet. Heute scheint die Sonne! Schatzke schießt unzählige Fotos im Nahaufnahmemodus von Blüten, Nadeln und Wassertropfen. Wir sind vielleicht zehn Minuten durch den Regenwald spaziert, da setzt heftiger Regen ein. Die Baumkronen können ihn nicht abhalten, die nächste Unterstellmöglichkeit ist noch nicht zu sehen. Alle werden nass. Wir nicht. Schatzke hat die Regencapes vom Klassik Open Air Event in Brandenburg dabei. Im Sommer standen die Jungen Tenöre am Heine Ufer der Havel auf dem Programm. Die konnten wir nicht mal bis zur Pause ertragen, was nicht am Regen lag, denn geregnet hat es gar nicht. Aber die blauen Überzieher, die vorsorglich am Eingang ausgeteilt wurden, die haben wir behalten und jetzt kommen sie zum Einsatz. Mein Mullemann sorgt nämlich vor. Die anderen Mitreisenden trifft es völlig unvorbereitet und sie stehen schließlich schon durchnässt unterm Unterstand, während mein Mullemann im blauen Kondom seine Fotoreportage fortsetzt. Der Regen kam plötzlich, aber aufhören tut er nicht. Ich bin alles, aber nicht schadenfroh. Nichts können wir dafür, dass nur wir trocken den Bus erreichen.

Es soll nicht so bleiben. Wir haben ja als Letzte den Bus „1" erreicht und so auch die letzten Plätze bekommen. Die auf der hintersten Bank in der Mitte, also mit Beinfreiheit im Gang. Das ist das Gute an den Plätzen. Auf der Rückfahrt hingegen ist die Klimaanlage überfordert.

Sie tropft und zwar auf unsere Köpfe. Wir lassen uns nichts anmerken. Das Hoch soll sich doch nicht in ein Tief verwandeln. Übrigens hat sich der Wasserfall durch den Regenguss ganz ordentlich entwickelt. Michael erzählt munter weiter und so geht ein schöner Vormittag zu Ende. Durch seinen persönlichen Einsatz bekommen wir sogar noch ein Mittagsmenü serviert. Appetit hat man ja immer, aber heute stillen wir Hunger.

In unserer Kabine warten Glückwünsche in Form von Rabattkarten der Boutique, des Spa Bereiches und von der Crew auf mich. Ich freue mich. „Das alle an mich gedacht haben. Nein ist das schön!" Im Urlaub nimmt man das viel persönlicher, normalerweise lässt mich die Geburtstagspost vom Autohaus oder der Versicherung völlig kalt.

Frisch geduscht geht es wieder von Bord. Dank des vorzüglichen Services bekommen wir auch heute einen Stadtplan mit einem kurzen Abriss über die Geschichte, Bevölkerung, Spezialitäten und Sehenswürdigkeiten des Anlegeortes als Faltblatt unter der Tür durchgeschoben. So ist San Juan für uns kein Problem. Sie ist reißbrettartig angelegt und erinnert mich etwas an Valletta auf Malta. Vor allem die Festungsanlage El Morro ist beeindruckend. Das war sie schon am frühen Morgen, als wir die Insel ansteuerten. Da lag sie noch scheinbar in den Wolken und vom Meer umtost. Auch jetzt brechen sich die Wellen laut an den Klippen und man meint, Sole zu inhalieren. Auch wenn wir heftig transpirieren, wir steigen hoch und runter und wieder hoch, um alle Gänge abzulaufen.

Irgendeinem Gedenktag verdanken wir einen freien Eintritt und eine lange Öffnungszeit. Amis eben – Helden oder? Schatzke interessiert sich für die Historie und studiert die Aushänge und unseren Tagesflyer. Aber er ist auch ein Mann des Heute und Jetzt und so kann er die dralle, dunkelhäutige und vollbusige schöne Mittdreißigerin nicht ignorieren. Ich sehe seinen Augenwinkelblick und prompt fragt er doch: „Zu welchem Geburtstag noch mal bekomm ich ne Schwatte?" Vor circa zwei Jahren hat er mir seinen heimlichen Wunsch offenbart. Sex mit einer Schwarzen also Dunkelhäutigen. Ich reagiere nie entsetzt auf solche intimen Enthüllungen, sonst bekomme ich sie nicht mehr.

Spontan habe ich die Erfüllung seiner Phantasie als Geburtstagsgeschenk zum Sechzigsten in Aussicht gestellt. In Anbetracht der nachlassenden Manneskraft habe ich das Jubiläum später nach vorn datiert. Aber da bekam Mullemann längst kalte Füße, sein Ernst sei das nie gewesen. Er ging noch weiter, „Ich lass mich scheiden, wenn du das machst." Heute ist ein berechnendes Gedankenkalkül in Anbetracht der realen Begierde nicht gegenwärtig. Immer wieder taucht es im Stadtbild vor Mullemann auf. Ein Geschenk wird sie nicht. Es ist mein Geburtstag, nicht seiner!

Wieder in der Kabine kleben Luftballons an der Decke und unsere Handtücher sind als Etagentorte drapiert. Glückwünsche vom Room Service. Mullemann ist noch am Kai, er will mich winkend vom Balkon fotografieren. Es klopft. Die Etagenstewardess steht mit einer Flasche Sekt im Eiskübel vor der Tür und als ich öffne singt sie „Happy birthday to you." Wie rührend. Trinkgeld wäre angemessen, aber Schatzke steht am Kai und wartet immer noch. Mit ihm habe ich länger zu tun und so lasse ich das hübsche Mädchen zu Ende singen, nehme ihr den Kübel mit Sekt ab, sage: „It was very, very nice. Thank you so much." und schließe die Tür, schnappe mir drei Luftballons und schnelle auf den Balkon. Schatzke schießt seine Fotos und geht dann zur Gangway. Schnell wird die Flasche entkorkt, die Gläser gefüllt und als Schatzke die Tür öffnet, kann ich ihn überraschen. Wir stoßen an.

Abendessen. Es beginnt immer um 19:00 Uhr, aber wir gehen natürlich nicht pünktlich. Wie sieht das denn aus? Als ob wir es nicht erwarten könnten. Außerdem entstünde so eine lange Pause bis zum Abendevent der Show. Aber kurz vor acht, da kommen wir, flanieren durch die Reihen des „Vier Jahreszeiten" bis zu unserem Tisch, vorletzte Reihe, Zweiertisch. Was muss ich heute bemerken? Unser Tisch ist besetzt. O.k. unser Tisch ist vielleicht etwas übertrieben, wir haben zweimal dran gespeist und so wurde er mir vertraut. Gerade will ich mich enttäuscht umdrehen, da sagt Mullemann souverän:

„Heute sitzen wir hier." und bleibt vor einem Tisch stehen, der von mir bisher überhaupt nicht bemerkt wurde. Es ist ein Geburtstagstisch mit Girlanden dekoriert, darüber schwebt ein Strauß aus Luftballons. So ist er, mein Mullemann. Ein Romantiker, wie Frauen ihn sich wünschen. Aber er ist mein Traum- und Wunschmann, nicht mehr zu haben!

Das Essen ist wunderbar und als das Menü am letzten Gang angekommen ist, da erspähe ich die Jungs der Bedienung. Sie nähern sich aufgereiht wie in einer Polonaise, der Erste trägt eine Torte, der Letzte eine Gitarre. Sie stellen sich um unseren Tisch und los gehts: „Happy birthday to you!". Aber der Sound, der ist anders. Karibisch oder Philippinisch wer will das schon trennen in diesem Augenblick. Es ist nur schön. Zum Sound werden die schwebenden Luftballons zerstochen. Was habe ich mich gefreut. Ja das hat er toll gemacht, er der Mullemann, der Experte für romantische Überraschungen, liebevolle Aufmerksamkeiten, eben der perfekte Ehemann. Von Nebensächlichkeiten sieht man ab, in solchen Momenten sowieso.

Sogar der Schlacksemann gratuliert. Wir nennen ihn so, weil keine Drahtigkeit und keine Energie in ihm zu wohnen scheint. Er trägt eine schwarze Uniform, die ihn als Offizier deklariert. Vermutlich ist er Serviceoffizier, wirkt stets unbeholfen und ohne erkennbare Aufgabe. So steht der Schlacksemann erst unendlich lange in einer Ecke, geht dann nach der gefühlten Ewigkeit durch die Reihen, raunt den Gästen: „und schmeckts?" zu, ohne eine Antwort abzuwarten, redet kurz mit der Bedienung, um sich schließlich wieder in eine Ecke zu begeben. Würde er fehlen? Würde seine Abwesenheit überhaupt bemerkt werden? Von uns vielleicht nicht, aber der Posten muss besetzt sein.

Leider fehlt mir die Erinnerung, wie mein Ehrentag zu Ende gegangen ist. Was auf der Bordinformation im Tagesplan ab 21:00 Uhr zu lesen ist, das haben wir alles nicht gemacht. Ich werde doch alt! Ich erinnere mich nur noch an das, was Schatzke an diesem Abend anmerkt: „Jetzt bist du im 50. Lebensjahr." Das sagt man nicht zu einer Frau, die gerade 49 geworden ist. Doch nicht so perfekt, dieser Ehemann.

13. November

Sobald der Schiffsmotor seine Drehzahl ändert und das Schiff fast aufhört zu schaukeln werden wir wach. Das ist das Signal, dass das Anlegemanöver bevorsteht, wir müssen nach oben. Das wir wird heute zum du. Bisher folgten wir immer zusammen, aber nun schwächeln wir und nur einer von uns beiden schafft es, pünktlich zu sein. St. Croix liegt vor uns, wir können kein Französisch. Aber da es eine amerikanische Jungferninsel ist, wird auch der Name entsprechend ausgesprochen. Um die Verwirrung zu vergrößern, heißt die Hafenstadt Frederiksted, womit wir wieder bei unseren Nachbarn im platten Holland wären.

Heute haben wir frei. Wir haben keinen Ausflug gebucht. Nun wir werden übermütig, wir beschließen, diese Insel können wir selbst erkunden. Erste Sparwünsche werden wach, nein wir sprechen sie noch nicht aus, wir drücken uns davor und deshalb anders aus.

Nun weit kommen wir heute nicht. Am Vormittag erkunden wir die Stadt, was sich als Fehler herausstellt. Erstens ist es viel zu heiß, zweitens gibt es fast nichts Sehenswertes, drittens finden wir praktisch kein offenes Geschäft. Nach kurzer Zeit triefen wir im Schweiße unseres Angesichts und werden erst wortkarg, dann unleidlich. Das Wenige, das wir ausgiebig bildlich bannen sind zwei Kirchen und ein Friedhof. Die Kaufergebnisse umfassen zwei kalte Wasserflaschen und einen Keramikfisch, mehr ist nicht los in Frederiksted.

Gut, dass es Mittagessen an Bord gibt, dort wo auch eine angenehme Kühle uns die miese Laune wieder vertreibt. Frisch motiviert soll es am Nachmittag an den Strand gehen. Vom Hafenbereich kann man sowohl back- als auch steuerbordwärts weißen Sand sehen. Den rechts gelegenen Abschnitt, den der zur Stadt führt, haben wir schon am Vormittag durchschritten, also auf nach links, wie es auch unsere Landganginformation empfiehlt. Direkt am Pier liegen die Grünbeutelträger. Bei der Anreise lag auf jedem Bett eine grüne Phönix Tasche und die ist so praktisch, dass sie praktisch jeder nutzt. Und in der Fremde erkennt man seine Lands- oder besser gesagt Schiffsleute sofort wieder. Wir bevorzugen aber Zweisamkeit und Abgeschiedenheit und so zieht es uns vorbei an den „Grünen" zu ferneren Strandbereichen. Was kommt wird immer weniger romantisch. Klippen, Steine, Absperrungen, wilde Hunde, ungepflegter Strand. Mullemann lehnt es kategorisch ab hier zu baden, wo er durch die Strömungen und versteckten Steine im Wasser zu Tode kommen könnte. Ich verlange eine Badepause für mich, ich triefe schon wieder. Sie wird genehmigt, aber ich gebe ihm recht. Innerlich natürlich. Der Strand taugt nicht zum Verweilen. Reumütig kehren wir zurück zu den Beutelträgern. Gemeinschaft ist doch auch schön. Für Mullemann nicht, er gibt nach 30 Minuten auf und kehrt zurück an Bord. Ich gebe mich der Sonne, der grün türkisen Umgebung und dem Schreiben dieses Buches hin. Zwei komplette Urlaubstage bringe ich zu Papier, erst dann kehre ich zurück auf unsere temporäre Heimat. Leider ist es mir nicht gelungen, den Beutel gespickten Strand zu fotografieren. Es sind ja nicht nur die Taschen, es gibt auch Schirme und vermutlich nur Stammgästen vorbehaltene Accessoires wie Rucksäcke und Basecaps. Aber mein Fotoapparat ist nicht einsatzbereit, er ist beim Mullemann an Bord.

Heute Abend werden wir gebeten ein rotes Accessoire zu tragen, den Grund erfahren wir später. Also behalte ich meine rote Hose an. Mullemann trägt rot am Oberkörper. Er hat keinen Sonnenbrand, er hat ein rotes Hemd. Fast alle Gäste halten sich an das Gebot, ja man achtet auf Details.

Eine neue Gewohnheit haben wir uns zugelegt - die happy hour. Von 18 bis 19 Uhr gibt es in allen Bars alle Cocktails zum halben Preis. Das ist ein Schnäppchen, da ein Cocktail nun so knapp drei Euro kostet. Klar, dass wir da auch zwei trinken. In der Vista Lounge hat man einen herrlichen Ausblick, da sie direkt über der Brücke liegt. Aber zur happy hour ist es schon dunkel und so nutzt das wenig, es sei denn man hat ein Lichtermeer vor sich, was von Frederiksted sicher nicht ausgeht. In dieser Bar ist es auch besonders kühl, die Klimaanlage pustet über jedem Tisch ihre kalte Luft auf die Gäste.

Wenn sie denn da sind. Wir sind heute die einzigen Gäste. Am weißen Piano sitzt auch nicht Alexandro C., sondern der Barkeeper. Er hat ja Zeit. Leider sind seine Spielkünste sehr begrenzt, aber als er anfängt sein Spiel mit Gesang zu begleiten und wir unseren zweiten Cocktail schlürfen, da finden wir, er hat Unterhaltungswert. Etwas entrückt flanieren wir zum Abendessen. Schade heute kein Tisch mit Luftballons. Dafür probieren wir vom Geburtstagskuchen, den man uns tatsächlich aufgehoben hat.

Gegen Abend wird es rockig. Mister Red Shoes, Claus Debusman, gibt seine Rock`n Roll Piano Show. Deshalb also das rote Accessoire. Der Mann ist eine Augenweide. Groß, von athletischer Statur, blond gelockte Haare, rot schwarz gemustertes Seidenhemd gesteckt in eine schwarze Hose. Dann die Schuhe. Rot gefärbtes Krokodilleder, zur Spitze hin in schwarz übergehend. Thomas Gottschalk würde verblassen in seiner Nähe. Er rockt los. Sein Pianospiel ist perfekt, egal ob er die Tasten mit den Händen oder seinem Schuhabsatz bedient. Singen kann er sowieso. Ein grandioser Entertainer, der es sogar geschafft hat, die trägen und um diese Zeit schon müden Amadea-Uhus aufzuwecken und anzustecken. Sie wachsen über sich hinaus und applaudieren sich eine Zugabe. Nach elf Titeln von Klassikvariationen, über Country, Blues, Rock und Jodeleinlagen geht das Feuerwerk zu Ende. Nach Abklingen der Euphorie tauchen bei mir pragmatische Fragen auf. Wann wurde Mister Red Shoes eingeschifft? Wie kommt er zum nächsten Einsatzort? Er meint noch beiläufig zum Schluss: „Dann bis zum nächsten Mal oder morgen beim Frühstück." Letzteres verstehe ich als Geck, obwohl meine Augen beim Frühstück auf Suche gehen. Natürlich ist er nicht da. Aber zwei Tage später, auf einem Ausflug habe ich ihn wiedergesehen. Zuerst denke ich an eine Verwechslung, aber nein er ist es und er sitzt auch im Tenderboot, als es zurück aufs Mutterschiff geht. Noch einen Abend später steht er am Pool bei einem Cocktail. Work-Life Balance. Ich habe mir eingebildet, ich würde das schon beherrschen, aber nun sehe ich, dass meine Version erheblich steigerungsfähig ist. Dafür muss ich mich noch in ein anderes Level hocharbeiten.

Dem Angebot, den Abend an der Bar mit DJ Andy ausklingen zu lassen, kann ich schon wieder nicht folgen. Ich bin müde. Mullemann wird langsam ärgerlich und versucht Erinnerungen wachzurufen, die von entgegengesetzter Konstellation besetzt waren und wo er stets seiner Erschöpfung getrotzt hat und Unternehmungen offen gegenüberstand. Ich staune über sein so detailliertes Gedächtnis, das ihn aus der Männerwelt hervorhebt. Sie kennen ja bestimmt ähnliche Gespräche. Sie: "Schatz weißt du noch, damals in Rom?" Er: „Was, wir waren mal in Rom?"

Mehr als diese Bewunderung ist mir nicht möglich. Ich muss ins Bett.

14. November

Wir werden Frühaufsteher. Schon vor sieben stehen wir fotografierbereit auf dem Oberdeck und halten die Ankunft in Road Town, Tortola für unser digitales Fotoalbum fest. Der Pirat ist um diese Zeit nie zu sehen. Seine Urlaubspictures postet er ja immer gleich, also muss seine Fangemeinde auf Anlegeimpressionen verzichten.

Ich war immer genervt, als früher zu Diaabenden aufgerufen wurde, selbst dann, wenn ich selbst hin und wieder auf der Leinwand erschien. Auch Bekannte und Verwandte darf man nur mit wenigen ausgesuchten Urlaubsfotos belästigen, sie sind schnell gelangweilt. Aber im social media, da wird dieser ganze Datenmüll mit „gefällt mir" beantwortet. Sollen sich Soziologen, Psychologen, Philosophen und wer weiß noch mit diesem Phänomen beschäftigen, diese Art von Exhibitionismus ist uns (noch?) fremd.

Heute wird es royal. Wir haben die britischen Jungferninseln erreicht, es wird sogar links gefahren. Aber aus Gründen wie der Nähe zu den USA, Ersatzteilbeschaffung und so weiter werden große Amischlitten und Jeeps mit Linkslenkung gefahren. Überholt wird trotzdem, weiß der Himmel wie viel die Fahrer dabei auf ihr Gefühl oder ihr Gehör vertrauen. Das Sehen kann es nicht sein.

Wir haben die „Tortola Highlights" gebucht. Die Neustrelitzer sind auch dabei. Bunt bemalte offene Geländewagen kutschen uns über die Insel. An hochgelegenen Aussichtspunkten werden Fotostopps eingelegt, wir werden zuhause alle die gleichen Fotos nur mit anderen Personen in der Bildmitte anschauen. Schließlich spuckt man uns an einem Strand aus. Dieser hat Bilderbuchcharakter. Weißer Strand, keine Steine, nur feinster Sand und von Palmen gesäumt. Karibische Musik erklingt aus den zahlreichen Bars und im Hinterland erheben sich grün bewachsene Berge. Einige Segelboote und Katamarane schaukeln auf dem Wasser und kreisende Pelikane liefern ihr Schauspiel ab, wenn sie blitzschnell senkrecht ins Meer tauchen. Die Möwen tragen an der Bauchseite ein azurblaues Federkleid. Schatzke ist begeistert. Endlich Karibik. Da bemerkt er auch nicht, dass wir die Liegen am Strand bezahlen sollen, er genießt seinen Rumpunsch und - jawohl! - steigt ins Nass. Viele andere tun es ihm nach, aber wen stört heute die Gemeinschaft? Dann werden die Amis angekarrt. Die sind selbstverständlich laut, trinken ihren Punsch im Wasser, aber die Idylle bleibt. Drei Wetter Taft in Tortola.

Heute im Hafen haben wir erstmals Nachbarn. Die Rotterdam liegt neben uns, daher die Amis. Dieses Schiff hat Platz für 1.600 Gäste, scheint aber auch nicht ausgebucht zu sein. Dagegen reisen wir auf einem Schiff mit maximal 600 Gästen, aktuell sind wir 386. Aber zurück zur Tour. Es geht weiter durch die Mountains und entlang einer Variante der East Side Gallery. Ja hier steht eine vielleicht einen Kilometer lange Mauer, bemalt mit Szenen aus dem Leben der Einheimischen. Im Urlaub muss man nicht alles hinterfragen, wir sind Touristen und wollen das glauben.

Unser Guide ist Susi. Vermutlich heißt sie Susanne, jedenfalls stammt sie aus dem Spreewald. Schlank mit kurzen brünetten Haaren. Hübsch anzuschauen. Das wars schon. Welch ein Gegenpart zu Ralf oder Michael. Sie sagt nur das Nötigste, dabei ist sie nett, das kann man ihr nicht absprechen, aber sie hat nicht das Zeug zu einer Reiseführerin. Sie ist so gar nicht eloquent oder wie Kristina sich ausdrückt: „Sie hat einen sehr begrenzten Wortschatz." Sie sucht auch nicht die Nähe der Gäste, macht keine Späßchen, kann sie wohl auch nicht und so bleibt die Tour von visuellen Eindrücken geprägt in Erinnerung. Hintergrundwissen über Land und Leute oder Anekdoten übersetzt aus dem Munde des Fahrers erfahren wir nicht. Kristina erzählt uns von einer Südseereise vor drei Jahren, wo Susi vorab die Ausflüge vorstellte, also quasi den Job von Ralf innehatte. Gäste, die sich zu Hause nicht vorbereiten können oder wollen, sollen so für die Trips gewonnen werden. Scheinbar hat sich das Susilein nicht weiterentwickelt, schon seinerzeit imponierte sie mit Zurückhaltung und immer gleichen Sprüchen. Der Anfängerbonus ist also aufgebraucht. Warum hat man sie nicht aussortiert? Auf so hoch dotierten Reisen? Wer weiß, welcher Entscheidungsträger ihrer Körperlichkeit verfallen ist.

Nun, ich schweife schon wieder von der Tour ab, aber jetzt erreichen wir die Bretterbude. Es ist die Bar, die aus Treibholz zusammengenagelt ist und deren Wände Treibgut schmückt. Größtenteils sind es Damenslips verschiedenster Form und Ausmaße. Wohl weniger vom Meer angeschwemmt, als vielmehr in der Bar vergessen oder vom Betreiber als Trophäe bewahrt. Vor der Bar wird Wellenreiten präsentiert. Ein Verweilen ist uns leider versagt. Die Amadea lässt um 12:30 Uhr die Abschiedsmelodie erklingen, verabschiedet sich von Road Town Tortola und nimmt Kurs auf Spanish Town Virgin Gorda. Nur Ralf kann dieses Ritual zelebrieren, jeder andere würde Gähnen ernten.

Die Überfahrt nutzen wir zum Mittagessen, unbemerkt und widerstandslos hat sich diese Gewohnheit eingeschlichen. Wir werden doch so schnell hungrig. Appetit, das Wort trifft es nicht mehr, was unserem Gehirn gemeldet wird.

Am Nachmittag liegen wir auf Reede, ankern also. Mit Tenderbooten setzen wir über, das ist aufregend. Beim Einsteigen gewinnt man von Ferne den Eindruck, alles ist ruhig und sicher, man muss nur einen Schritt von der Plattform ins Boot machen und schon ist man drin. Eine Welle verursacht aber ein plötzliches Schlingern des Tenders, was das Einsteigen zu einer halsbrecherischen Angelegenheit mutieren lässt. Aber souverän halten unsere Kellner, nun sie werden variabel eingesetzt, Passagier und Boot fest in der Hand und so bewältigen auch unsere gehbehinderten Mitpassagiere dieses Hindernis. Überhaupt präsentieren sich die Hochbetagten in solchen Belangen zielorientiert und durchaus schnell bis rasant. Keine Spur von Arthrose oder Belastungsdyspnoe, wenn es ums Essen greifen, vordersten Sitzplatz im Transportmittel sichern oder beste Sicht in der Atlantik Lounge reservieren geht. Erst nach dem Zieleinlauf werden diese Zipperlein wieder real und fordern Rücksichtnahme ein.

Michael begleitet uns, wir schätzen ihn nach Susi sehr. Er überhört den Vergleich Kavaliersartig oder er hat was mit ihr. Nein, ich denke, sie ist höher in der Nahrungskette angebunden. Wir folgen ihm zu „The Baths". Die vier Neustrelitzer auch. Wir treffen sie oft, dabei sprechen wir uns wirklich nie ab, wir treffen also rein zufällig die gleiche Wahl. Guter Geschmack! Zuerst gehts selbstverständlich auf den höchsten Punkt der Insel. Fotostopp. Wir fahren wieder offen, aber weniger bunt. Uns eröffnet sich ein Blick auf eine Inselgruppe, eine davon gehört Richard Branson. Dieser Milliardär plant die touristische Erschließung des erdnahen Weltalls für Wohlhabende auf der Suche nach einem Adrenalinerlebnis, da das Normale sie schon lange langweilt. Schneller, größer, weiter ist, wenn man unendlich viel Geld hat, eben irgendwann nicht mehr zu übertreffen. Diese Marktlücke soll geschlossen werden, wobei danach ist sie ja schon wieder offen.

The Bath, das Badezimmer der Insel, imponiert wie der Felsgarten auf Aruba nur eben am Strand. Die Neustrelitzer biegen nach dem schon sehr imposanten Abstieg zum Wasser auf immerhin gut befestigten Wegen nach rechts zum Baden ab. Schatzkes Abenteuerlust lässt seinen Bechterew rechts liegen, er biegt nach links ab. Er folgt der Phönix Jugend, scheinbar haben heute viele frei, auch die kurzhaarige Krankenschwester ist mit dabei. Wir passieren die Felsblöcke gebückt, fast kriechend, durchs Wasser watend, über Holzbrücken steigend, uns durch Spalten zwängend bis zum einzigartigen, für die Masse an angefahrenen Touristen fast einsamen Strand. Sogar das Schnorcheln ist lohnend, leider beschlägt das Eigentum. Auf dem Rückweg entscheiden wir uns, dem Hinweiszeichen „Car Park" zu folgen. Es ist ein langsam ansteigender Sandweg im Buschwerk. Ulfi, der Sportverantwortliche an Bord, so ein kleiner drahtiger Anfang Vierziger schreitet voran. Schnell erreichen wir den Parkplatz, wo uns ein Rumpunsch erwartet. Aber wir wollen mehr.

Wir haben von einem außergewöhnlichen Cocktail gehört, dem „Pain Killer". Er stillt jeden Schmerz, man muss nur die Anzahl der Cocktails dem Schweregrad des Schmerzes anpassen. Wirkdauer? Bis zum nächsten Morgen. Den Pain Killer gibt es nur hier auf Virgin

Gorda. Diese Information genügt, wir gehen auf Suche. In der Bar nebenan werden wir fündig. Sieben Dollar kostet das Analgetikum, das in einem Plastikbecher ausgeschenkt wird. Einnehmen kann man es am oder im Pool, dessen Einstieg Erdbodenniveau hat. Allerdings stillen schon vier Amerikaner ihren Schmerz im Nass und von den Plätzen an den Tischen ist die Aussicht sowieso besser. Also tun wir es ihnen von hier oben nach und genießen noch einmal den Blick auf The Bath und das Meer. Der Cocktail wirkt, wir fahren schmerzfrei zurück. O.k. Schmerzen hatten wir auch vorher nicht, aber dafür kann der Pain Killer nichts.

Am Anfang unserer Reise in Oranjestad haben wir ein altes Nummernschild erstanden. Nun haben wir eine tolle Idee, wir dekorieren unsere Garage mit Autoschildern. Und da der Mensch ein Jäger und Sammler ist, wollen wir von jeder Insel eins. Aber seit Aruba haben wir keines mehr kaufen können. Nur als Souvenirversion haben wir es noch entdeckt. Unser Busfahrer will versuchen, eines aufzutreiben, es gelingt ihm nicht. Michael übersetzt, dass auf den niederländischen Antillen jedes Jahr ein neues Schild angebracht wird, quasi als TÜV - Bestätigung. Mal unter uns, die Bestimmungen müssen aber einem außereuropäischen Standard entsprechen. Zurück zu Michael. Er übersetzt, dass dies der Grund sei, dass wir gebrauchte Schilder kaufen konnten. Seither sind wir in amerikanischen, britischen und französischen Gebieten unterwegs und da handhabt man es mit dem TÜV anders und der Verkauf von gültigen Nummernschildern sei verboten. Sieht vermutlich auch albern aus so eine Garage voll mit fremdländischen Autokennzeichen. Aber fotografiert haben wir sie alle, zumindest eines je Insel.

Inzwischen ist es dunkel und da wollen wir die Hafenstadt auch nicht mehr durchwandern. Schließzeit der Geschäfte, Museen und Kirchen ist zumeist 17:00 Uhr, so dass wir nichts verpassen. Wir tendern zurück, duschen uns das Salz des Meeres und der Transpiration vom Körper und dinieren. Für eine Live Band reichen meine Kräfte immer. Die Fungi Band „Leon and the Hot Shots" präsentiert uns bis zum Auslaufen Karibikklänge mit Steel Drums.

Gerade will ich meinem Mullemann sagen, wie toll das Leben insbesondere mit und durch ihn ist, da sehe ich seine Augen leuchten. Aber sie schauen nicht zu mir. Sie blicken zu eindrucksvollen Schenkeln, die in engen schwarzen Leggins eingesperrt wirken und zu einem Dekolleté, das das weite Shirt mehr preisgibt als verdeckt und die prallen Brüste nicht nur ahnen lässt. Das ist Karibik für Männer. Wir tanzen heute nicht. Retrospektiv bin ich mir nicht mehr sicher, ob ich nicht wollte oder ob Schatzke nicht gefragt hat. Im Schatten der personifizierten Lust verblassen solche Nebensächlichkeiten.

15. November

Wir haben keine Nachbarn mehr. Unsere Kabine grenzt heckwärts an „Crew only" eine Abstellkabine. Dahinter fährt der Crew Lift. Bugwärts hat ein älteres Ehepaar eingecheckt. Wir haben uns auch zwei- oder dreimal begrüßt, als wir gemeinsam vom Balkon schauten. Dann habe ich sie noch vorgestern gehört, da erzählten sie und debattierten auch wegen der Lautstärke, in der sich drei Damen auf dem unter uns liegenden Deck unterhielten. Das ist das Promenadendeck, dort wo Rundgänge angepriesen und dann auch durchgeführt und Spiele gestartet werden. Runde für Runde kann man joggen. Gäste ohne Balkon liegen dort zum Lesen, sonnen oder um sich zu präsentieren. Es gibt Alleinreisende, zumeist Damen mit Anschlusswunsch. Drei davon lagen schräg unter unseren Balkonen. Sie wetteiferten darum, welche Farben und Stoffe ihnen am besten stünden. Dabei beglückwünschten sie sich ob des guten Geschmackes. Dann drehte sich das Gespräch über die Käufe, die während der Reise getätigt wurden. Alleinreisende auf Partnersuche müssen Aufmerksamkeit erlangen und bei knappen Zeitressourcen kann diese nicht auch noch fokussiert werden, deshalb konnte man sie noch weit entfernt gut hören. Vielleicht hätten unsere Nachbarn sonst gar nichts gesagt und ich hätte sie schon an diesem Nachmittag nicht mehr bemerkt.

Am nächsten Morgen, wir starten gerade zum Ausflugsprogramm, da steht der Schiffsarzt und die Krankenschwester vom Ärztetreffen mit einem Rollstuhl vor der Kabinentür besagter Nachbarn und klopfen. Seitdem ist das Zimmer unbewohnt. Zwei Tage brennt noch das Licht auch auf dem Balkon, aber im Zimmer ändert sich nichts. Ich habe das am Zustand der Betten und an der Flasche Sekt auf dem Tisch ausgemacht. O.k. Ich habe das nur bemerkt, weil ich neugierig bin und mich ab und zu über die Balkonabgrenzung gebeugt habe. Man tut so etwas nicht, das ist Indiskretion. Ich weiß das. Aber was soll ich machen? Mullemann wird aktiv. „Eh wir noch die ganze Nacht grübeln." sagt er und fragt an der Rezeption nach. Man gibt ihm natürlich keine wirkliche Auskunft. Nein, es wäre nichts passiert, sie hätten nur das Zimmer gewechselt. Nein, nicht weil wir zu laut waren, das hätte gar nichts mit uns zu tun. Ja das Balkonlicht, das hätte man wohl vergessen, man würde es löschen. Taten sie auch. Einen Tag später. Die Frau haben wir dann tatsächlich nach einigen Tagen wiedergesehen. Sie hat Sachen aus ihrer Kabine in die davor getragen. Danach hat sie oft auf dem Balkon gesessen, allein. Vermutlich ist ihr Mann verstorben oder liegt in einem Krankenhaus der Virgin Islands. Wir schauen manchmal noch ins Nachbarzimmer. Immer Licht an, Betten zugedeckt. Ich weiß vom Schiffsarzt, es gibt an Bord einen Kühlraum. So ist es nun gekommen. Wir haben keine Nachbarn mehr. Weder vor uns noch hinter uns. Unter uns liegt das Promenadendeck und über uns die Brücke. Diese Ungestörtheit werden wir noch oft nutzen.

Aber wir bekommen eine andere Art von Nachbarschaft. Den ersten Teil der Reise lag unsere Amadea immer allein im Hafen, bis wir gestern kurz auf die Rotterdam trafen. Doch was ist heute los? In Philippsburg auf St. Maarten wartet schon die Rotterdam. Heute ist sie schneller. Wir legen am anderen Kai an. Dabei fesselt uns immer das Festland. An der Bugspitze schießen wir unsere Anlegefotos. Als wir endlich auch mal nach hinten schauen, trauen wir unseren Augen nicht. Zwei Hochhäuser sind im Anmarsch, Giganten der Meere. Aber sind das noch Kreuzfahrtschiffe? Als erstes kommt die „Allure of the Seas" der Royal Caribbean mit über 6.000 Gästen an. Wieder zuhause lese ich Wochen später, dass dies das derzeit größte Passagierschiff der Welt ist. Es präsentiert sich in einer Werbeanzeige. Nie buche ich mich da ein! Kurz vorm Einlaufen dreht die Allure und macht mit dem Heck voran an unserem Kai fest. Sofort liegen wir im Schatten. Dann läuft die „Freedom of the Seas" der Royal Caribbean mit 4.000 Passagieren ein. Beide Schiffe beherbergen eine andere Klientel als auf unserem „Beiboot", so muss man es jetzt wohl sehen. Jüngere, laute, zumeist adipöse Amis und Afroamerikaner fallen über die Insel her.

Wir haben „Inselpanorama und Schmetterlingsfarm" auf dem Programm. Ich präferierte „Marigot und Orient Strand" aber Schatzke meint, baden könne er auch zuhause an der Ostsee. Vermutlich als

Hommage an seine Tochter, die derzeit einen Spleen für Schmetterlinge als Motiv auf Tassen, Bettwäsche und Tapeten pflegt, will er zu dieser Farm. Vor dem Aufbrechen gehen wir immer eine innere Checkliste durch, um nichts zu vergessen und Schatzke fragt stets: „Hast du die Voucher?" Das ist immer meine letzte Amtshandlung am Tag, da sortiere ich die Buchungsabschnitte in meinen Bordausweis. Und so antworte ich jeden Morgen: „Ja habe ich." Heute fragt er noch, ob ich auch Voucher für Sex habe. Die permanente Mopsschau und die Stippvisite meiner Freundin haben zum Triebstau geführt. Aber die Frage freut mich und Vorfreude ist ja sowieso das Schönste.

In der Atlantiklounge bekommen wir eine Nummer, nachdem wir den Buchungsabschnitt abgegeben haben. Diese Nummer ordnet uns einem Guide und einem Bus zu. Heute ist es nicht Michael und auch nicht Susi. Es ist Christiane, die Reiki Tante. Mullemann wappnet sich. „Das sag ich ihr gleich, dass sie auf der Fahrt erst gar nicht anfangen soll mit dem Quatsch." Aber es kommt schlimmer. Sie selbst kommt beim Ausflug gar nicht zu Wort. Das ist nicht schlimm. Gemeint ist die örtliche Reiseführerin, die spricht auch Deutsch und deshalb benötigt sie keine Übersetzerin. Wer hat das nur festgelegt? Ausländer sprechen Deutsch in einer Satzbauweise, die uns das Zuhören sehr erschwert. Dazu purzeln unkonjugierte Verben und falsche Artikel auf unser gestresstes Ohr. Aber all das wurde noch getoppt von der Lautsprecheranlage. Angeblich voll aufgedreht produziert sie einen unverständlichen Singsang durchsetzt von einigen Wortfetzen, wenn der Motor bergab mal etwas Ruhe gibt. Es ist nervig und wenig informativ. Versöhnlicher ist es in der Schmetterlingsfarm selbst. Ohne Nebengeräusche kann man sogar einige Sachkenntnisse erwerben. Die Farm ist ein großer Käfig mit Schmetterlingen drin, deren Größe uns keineswegs beeindruckt. Was ich vermutlich länger erinnere ist die Königsmotte. Drei Monate benötigt sie für die Verpuppung, als Motte lebt sie nur drei Tage. Einen ganzen Tag davon verbringt sie mit der Kopulation um danach tausend befruchtete Eier zu verteilen. Sex über ein ganzes Lebensdrittel, dazu sagt sogar der sachliche Günther später: „Tolles Leben". Bei der Information denke ich auch gleich wieder an den Sex Voucher und freue mich vor. Die Blaufalter sind die Schönsten, aber sie lassen sich nicht fotografieren. Sie sind ständig am Flattern, einer hinter dem anderen her. Kopulationsbegierde treibt sie an, ich denke an nichts anderes mehr. Ich bekomme trotzdem einen vor die Linse und bin ganz stolz, bis ich seinen ramponierten linken Flügel entdecke. Er ist tot.

Sant Maarten ist geteilt in einen französischen und einen niederländischen Teil. Im letzteren erstehen wir unser zweites und letztes Nummernschild der Reise. Auf dem Markt in Marigot komplettiere ich zudem mein Pandora Armband. Da hat sich die Schmuckindustrie die Sammelleidenschaft der Menschheit zur Gewinnoptimierung zunutze gemacht. Ketten und Bänder warten auf eine riesige Auswahl an eindrehbaren Anhängern. Eines kostet zwischen 29 und 299 Euro. Bis ein Armband voll bestückt ist, müssen an die 30 Teile gekauft werden. Klar machen das andere Firmen nach, aber passgerecht sind sie firmenübergreifend nicht. Kundenbindung nennt man das. Auf dem Markt gibt es 6 Stecker für 20 Dollar und sie passen. Sie sind sicher nicht aus Silber, sie sind gar nicht echt, aber im Moment sieht es toll aus am Arm. In den regulären Geschäften in Marigot bezahlt man in Euro, was seltsam anmutet so fern von Europa und auf den Straßen duftet es nach Croissants und Espresso. Außer diesem französischen Flair hat die Stadt nicht viel zu bieten. Uns ist vor allem heiß, aber da müssen wir auch schon zurück. Um 13:00 Uhr startet das Ablegemanöver, aber vorher versuche ich noch die vier Schiffe am Hafen auf ein Foto zu bekommen. Die kleine Amadea und die nun nur etwas größer wirkende Rotterdam flankieren die Riesen. Ich bekomme sie nur aufs Bild, wenn ich den Apparat diagonal halte. Wir sind froh, aufs Kleinste von allen gehen zu dürfen.

Nach 16 Seemeilen erreichen wir St. Bartholomy, wo wir wieder auf Reede liegen. Für diese Insel gibt es keine Ausflugsangebote, aber man setzt uns über. Wir werden getendert, völlig kostenfrei, was wir nicht vermutet hätten. Die Hafenstadt Gustavia gilt als St. Tropez der Karibik, teuer und elitär. Wir glauben der Tagesinformation inzwischen vorbehaltlos. Überprüfen wollen und können wir sie nicht.

Der Internetzugang hat sich als instabil, teuer und unpraktikabel erwiesen. Gustavia klingt nicht Französisch, ist es aber. Währung ist wieder der Euro. Also die Insel ist seit der Kolonialzeit in französischer Hand, wurde aber 1785 an Schweden verkauft. Obwohl sie 1877 für 80.000 Franc zurück gekauft wurde, existiert seither eine Doppelbeschilderung der Straßen und öffentlichen Einrichtungen, oben die schwedische Bezeichnung darunter die französische. Im Ort ist alles sauber bis geleckt und Gucci, Cartier und Boss reihen sich an der einzigen Promenade aneinander. Aber unser Ziel sind diese Boutiquen nie, uns genügt Breuninger in Erfurt. Es zieht uns an den Strand, aber wo finden wir einen?

Am Anlege Kai des Tenders steht Susi. Kann sie zumindest diese Information vermitteln? Kann sie, aber sie spricht so schnell und über drei Strände, wir kommen durcheinander. Aber wir haben einen Stadtplan vom lieben Ralf und der weist uns den Weg zum Muschelstrand. Entgegen den Warnungen kann man ihn barfuß betreten und wir bleiben. Schade, dass ich Schnorchel und Taucherbrille nicht dabeihabe. Nach dem vielen Englisch und Spanisch ist es fast befremdlich, am Strand fast ausnahmslos Französisch zu hören. Erst- und letztmalig auf dieser Reise sehen wir auch Sonnenanbeterinnen oben ohne. Wir sonnen und baden ausgiebig.

Es gibt eine Strandbar, wir kommen nicht daran vorbei. Schatzke will Flair, also setzen wir uns auf weiße Plastikdrehhocker unter eine Palme. Wir bestellen zwei Caribbean Bear a 0,25l und sollen „ten" bezahlen. Wir geben 10 Dollar, aber gemeint sind 10 Euro. Frankreich Enklave eben. Wir haben aber keine Euros dabei und so zahlen wir 14 Dollar für einen halben Liter Bier in Flaschen. Nun verstehen wir die Metapher St. Tropez der Karibik und wir wissen, kaufen tun wir hier nichts. Das Städtchen erkunden wir nun bei der schnell einsetzenden Dämmerung, was man an der Bildqualität später bemängeln kann. Gustavia ist abseits der Hafenpromenade bunt und immer gepflegt, ein bisschen skandinavisch, etwas frankophil und eben karibisch.

Es ist fast dunkel, da sehe ich ihn wieder. Mister Red Shoes. Aber das wissen sie ja schon. Er trägt wieder rote Schuhe, diesmal aus einfarbigem Wildleder. Er wirkt weniger überragend als in seiner Show, irgendwie normal. Wie ich eben. Enttäuschend? Nein, aber nun bin ich desillusioniert, kurz zumindest.

An Bord gehen wir zur happy hour. Nach dem Bier ein echtes Schnäppchen. Ich wähle den Tagescocktail „Freedom Ship", er enttäuscht. Es gibt eigentlich keine großen Unterschiede zwischen den Cocktails. Ich kann nur die fruchtigen von den sahnigen trennen, man könnte mir eigentlich hinstellen, was weg muss. So schmeckt heute auch der Freedom Ship. Den Namen muss ich mir mir merken, um ihn nicht versehentlich nochmals zu bestellen. Versöhnend ist aber der Ausblick. Ein schön beleuchtetes Schiff liegt zwischen uns und Gustavia. Die Rotterdam? Nein, es wirkt zwar groß, soll aber ein Privatkreuzer sein. Raum für Spekulationen.

Heute heißt das Programm „Tanzabend in der Karibik". Rings um den Pool werden Palmenblätter drapiert und das gesamte Bedienungspersonal trägt Hawaihemden. Der Großteil des immer kurzen Abendprogramms, es überdauert kaum eine Stunde, wird vom Duo Bettina und Manuel bestritten. Sie singen Songs, die uns in die Zeit des Roten Salons in Neustrelitz versetzen. Dort haben wir immer getanzt, die Musik kam von der Platte. Heute live klingt es schrecklich, jedenfalls für meine Ohren. Meinen Augen ergeht es nicht besser. Es erscheinen die Pensionäre auf der Tanzfläche, die ihre Freizeit irgendwie totschlagen müssen. Scheinbar haben sie weder Enkel noch Urenkel, nicht einmal Haustiere zu betreuen oder einen Garten zu pflegen. Dafür belegen sie Tanzkurse, um sogar lateinamerikanische Tänze wie Salsa aufführen zu können. Denen zu zuschauen ist gräulicher als Bettina und Manuel zu zuhören. Kennen Sie die Puppen, die man mit einem Schlüssel auf dem Rücken aufziehen kann, damit sie sich bewegen, was sie dann in monotoner automatisiert wirkender Weise tun, bis die Feder abgespult ist? Exakt dieses Bild bietet sich auf der Tanzfläche bei jedem Song des Duos bis die Musik verstummt.

Wir könnten auch gehen. Aber Schatzke will heute tanzen und ich möchte noch das Tanzpaar Victor und Pepi sehen. Es verspricht, Flamenco zu tanzen. Macht es auch, ganz zuletzt für einen einzigen Tanz. Aber es entschädigt, zumindest mich. Dann fordern beide zum Mitmachen auf. Schatzke folgt sofort, ich fast zeitgleich, schon damit es keinen Ärger gibt. Auch die Tänzerin ist unter uns Freiwilligen wieder in einer schicken Klamotte. Es geht los und ist schnell anstrengend. Wir machen die Tanzschritte mit, die Musik ist auf Endlosschleife gestellt. Ich bin gut mitgekommen, Schatzke ist trotzdem böse mit mir. Viel zu spät habe ich mit ihm getanzt, er hat den Roten Salon die ganze Zeit vor Augen gehabt. Den Voucher spricht er nicht mehr an. Zumindest die Vorfreude habe ich erlebt. Das Schönste an der Sache.

16. November

Die Ankunft in Saint Kitts erleben wir wieder zu zweit auf dem Sonnendeck. Es ist fast acht Uhr und wir sind ausgeschlafen. Wir sind die Werbeikone aus Sachsen-Anhalt. Frühaufsteher! Das wir aus Brandenburg kommen interessiert jetzt nicht.

Aber die Amadea läuft nicht früh genug ein, wir kommen zu spät. Eines dieser Hochhausschiffe war schneller. Es ist die Carnival Victory. Merken Sie sich all diese imposanten Namen, fallen Sie nicht darauf herein, buchen Sie nicht! Massenabfertigung!

Unser Kapitän kann auch im Hafen wenden, warum das erfahren wir erst später. Zuerst denke ich, er zeigt den Amis: „Das was ihr könnt, kann ich auch." Er manövriert das Schiff mit dem Heck voran in den Hafen. Beim Drehen wird eine Menge Sand aufgewirbelt und das türkisblaue Wasser verfärbt sich und erinnert an eine braune Fäkalienbrühe.

Wir haben wieder mal keinen Ausflug gebucht. Entscheidungsmüdigkeit oder Sparwille, wir reden immer noch nicht offen darüber, aber dafür sind wir spontan. Wir stürzen uns auf eigene Faust ins Getümmel des Hafenviertels und werden sofort umlagert von Taxifahrern und anderen illustren Guides, die ihre Routen anbieten. Jeder bietet mehr und bessere Highlights als der Andere und zum besten „Special Price" versteht sich. Wir schwanken zwischen zwei Angeboten, wobei Schatzke vor allem die angebotenen Sehenswürdigkeiten vergleicht. Das für ihn scheinbar profundere Angebot hat einen Haken, den er lange nicht versteht. Die komplette Rundtour ist deshalb preiswerter, weil sie in einem Kleinbus angeboten wird. Soll heißen, man sitzt zwischen Fremden. In Anbetracht unserer Schiffsnachbarn würden das aller Wahrscheinlichkeit nach die Amis werden. Als Schatzke das versteht, zieht er die Halbinseltour im Taxi vor, nur wir zwei und der Fahrer. Ausgehandelter Preis: 40 Euro für die Fahrt, plus 10 Euro Transfer für einen Badeaufenthalt. Los gehts. Zuerst läuft alles glatt, unser Fahrer spricht Englisch, aber er wiederholt gern auch langsam, wenn ich etwas nicht verstehe und er legt Stopps ein, sobald etwas zum Fotoshooting taugt. Es ist immer leichter, wenn man sich mit Leuten in Englisch unterhält, für die es auch eine Fremdsprache ist und so gelingt es mir relativ problemlos, für Mullemann zu übersetzen und auch Fragen zu stellen. Schatzke kann auch etwas Englisch, aber er stellt keine Fragen. „Ich bin schließlich nicht auf einer Sprachreise", so sein Kommentar.

Unser erstes wirkliches Ziel nach den üblichen „Blicke aufs Meer" Stopps sind die Ruinen einer Zuckerfabrik. Was noch besser ist, sie liegen am Rande eines Regenwaldes. Mit den Riemchensandaletten runter in die Schlucht, was macht man nicht alles. Mullemann findet es doch dort so romantisch. Dann sehen wir eine Seilbahn, an der je zwei Personen wie Kletterer eingehakt talabwärts katapultiert werden. Schatzke will auch. Wie bitte? Mein kleiner Flachschwimmer und Angsthase will Action? Ich werde mal nicht gemein sein, aber Mullemann ist sehr auf seine Sicherheit bedacht und er ist schwerbehindert. Jawohl. Da kann er nicht alles mitmachen, auch wenn er will. Das hat mit Phobie nichts zu tun, außer seine Höhen- und Tiefenangst, dazu steht er. Wir verlieren kein Wort über das eben Geschriebene, wir gehen schnurstracks zur Seilbahnstation. Jetzt erkennen wir, die Strecke ist kurz und führt nicht mal über eine Schlucht. Und wenn die Bahn stoppt dann heftig. So etwas verbietet sich, wenn man „Rücken" hat. Schatzke hat Rücken, aber er stellt sein Vorhaben, mitfahren zu wollen, aus einem anderen Grund ein. „Weil die Strecke so völlig unspektakulär ist!" Ach so.

Zurück zu den Ruinen treffen wir auf die Grünbeutelträger. Ist doch klar, dass das passieren musste. So groß ist die Insel nun auch nicht, dass die Ausflüge ob privat oder gebucht, sich nicht kreuzen. Schatzke stellt sich sofort dazu, so kann er wichtige Informationen muttersprachlich vorgetragen, aufsaugen. Ich bleibe abseits. Ich habe doch so eine Macke. Ich habe immer Angst vor einer Anschimpfe, wenn ich Regeln übertrete. Deshalb stelle ich mich immer hinten an, gehe nicht über Rot, gebe zu viel zurückgegebenes Wechselgeld zurück und stelle mich eben auch nicht in eine Reisegruppe, zu der ich nicht gehöre. Nun ich bin keine Heilige, ich sündige anders. Aber meine Macke findet Mullemann manchmal nervig. So auch jetzt. Er will in Ruhe zuhören und mitgehen und ich nicht. Dazu kommt, dass ich zum Aufbruch drängele. Wir sind die Buchenden und Zahlenden der Fahrt, aber ich will den Fahrer nicht verärgern und ihn solange warten lassen. Quatsch oder? Gehört aber zu meiner Macke.

Wir haben insgesamt eine zweieinhalb stündige Fahrt ausgemacht, leider weiß ich überhaupt nicht mehr, was noch so auf dem Programm steht. Unser Fahrer hat uns die Tour auf seinen laminierten Blättern gezeigt und die Seiten immer schnell umgedreht. Ich habe da aber nur an ein gutes Preis-Leistungs-Verhältnis gedacht und mir die Ziele weder inhaltlich noch zahlenmäßig gemerkt. Wenn er was auslässt, ich merke das nicht. Vermutlich ergeht es den meisten Touris wie mir, so machen die Anbieter ihre besten Geschäfte. Wir fahren wieder los, es geht sogar kurz durch den Regenwald und schnell erreichen wir das nächste Ziel, den Botanische Garten und ein Batikstudio. Von Batik halten wir nichts. Diese Muster verbinden wir mit Ringelstrumpfbande, in der Öffentlichkeit stillenden Müttern und diesen Esoterikläden, in denen einem ganz schwindelig wird, wegen der Düfte von Seifen, Teesorten, Riechstäbchen und Kerzen. Wir bekommen ein Zeitkontingent. 15 Minuten. Das ist knapp, wir schaffen kaum den Garten. Eigentlich ist mir nur der riesige Baum in Erinnerung geblieben, aber dafür hat sich der Besuch schon gelohnt. Hinterher ist man ja immer klüger und wir ärgern uns über uns selbst. Wir hätten selbst unsere Aufenthaltsdauer bestimmen sollen. Was hätte er machen können? Wegfahren? Das wäre blöd. Wir wären immer mit irgendeiner Reisegruppe oder einem anderen Taxi zurück, aber er wäre um sein Geld gekommen.

Die Fahrt geht weiter und ich kläre einige Fragen. Auf St. Kitts wird ebenfalls praktisch nichts selbst produziert. Trotzdem hätten 94% eine Arbeit. Wie viele Kreuzfahrtschiffe pro Woche festmachen, will ich noch wissen. Manchmal zwei, dann wieder gar kein Schiff, im Schnitt fünf pro Woche. Nun verstehe ich. Das ist natürlich ein Stoßgeschäft mit einem harten Kampf um die paar Touristen, die sich nicht im Vorhinein irgendwo haben eintragen lassen. Über einer Landenge machen wir noch einmal Stopp, der Aussicht wegen. Von hier aus sehen wir das karibische türkise Meer auf der einen und den Atlantik mit seinem dunklen Blau auf der anderen Seite. Fotos vom Meer, von mir, von Schatzke und sogar wir beide zusammen mit dem Fahrer in der Mitte werden geschossen.

Danach gehts an den Strand. Nun weiß ich, wir werden übers Ohr gehauen. Auch wenn ich mir sein Ursprungsangebot überhaupt nicht gemerkt habe, so wenig Highlights waren es auf keinen Fall. Alles ist steigerungsfähig. Obwohl wir die Badepause mit vereinbart haben, will er nun plötzlich sein Geld für den ersten Teil, also seine 40 Dollar. Mir fallen die warnenden Worte des Piraten ein. „Bezahlung immer erst am Schluss." Aber Schatzke hat Vertrauen. Wir bekommen eine Visitenkarte und einen Ansprechpartner am Strand präsentiert, der für uns dann das Taxi anfunken soll und weg ist er. Mit den 40 Dollar und 5 dazu als Trinkgeld. Ja Schatzke zeigt sich großzügig, denn er ist sehr zufrieden und er findet ihn nett. Den Strand nicht. Komisch, der Sand ist weiß, es gibt Bars und auch ein paar Palmen. Was ist anders als auf Tortola? Es ist halb zwölf und die Mittagssonne steht hoch und brennt. Es gibt keine Schattenplätze, außer man mietet sich einen Sonnenschirm. Immer mehr negative Seiten werden offenbar. Mullemann beginnt zu mosern. Er will gar nicht baden und lange bleiben will er schon gar nicht. Ich habe eineinhalb Stunden Badepause vereinbart, was entschieden zu lang sei und Hunger habe er auch. Oh je, so ein Quengelmann ist schwer aufzumuntern. Was habe ich nur gemacht? Schließlich kann ich ihn doch zu einem Erfrischungsbad überreden. Von nun an ist er erträglicher. „Ist die Bucht nicht malerisch? Guck mal, den Anderen ist auch heiß, die trinken ihr Bier sogar im Wasser statt unter ihren Sonnenschirmen." Mit diesen Worten halte ich ihn bei Laune. Wir spazieren den Strand runter und wieder hoch, wässern uns noch einmal und dann ist es ein Uhr. Vereinbarter Abholzeitpunkt. Es kommt niemand. Unser Ansprechpartner, der mit dem Telefon, ist nicht mehr auffindbar. Der sitzt sicher in einer Bar bei einem kühlen Drink und lacht sich eins um eins. Ich habe ja noch die

Visitenkarte und so spreche ich einfach den Erstbesten an einer Bar an und bitte ihn, den Taxifahrer anzurufen, wo er denn bleibe. Der macht das sogar und gibt weiter, nein er habe uns nicht vergessen, gleich fahre er los. Also setzen wir uns hinter die Bar in den Schatten und warten nochmal 15 Minuten. Es gibt auch hier Caribbean Bear, die gleichen Flaschen wie in Gustavia. Aber nicht für 14 Dollar das Paar, sondern für drei. Da warten wir eben, ist doch nicht schlimm. Es werden hier so viele Touristen abgeladen, zurück kommen wir auf jeden Fall. Selbst Grünbeutelträger haben wir vor einer Stunde noch gesehen. Mein Telefonhelfer kommt wieder auf uns zu, wir sollen lieber nicht warten, wer weiß. Er führt uns zur allgemeinen Taxistelle. Da plötzlich schießt ein Auto an uns vorbei, unser Helfer stoppt es und schwupp sitzen wir drin. Den Fahrer kennen wir nicht. Scheinbar fragt er uns etwas, ohne nach hinten zu schauen und ohne die laute Musik leiser zu stellen. Wir verstehen kein Wort, aber er wartet auch auf keine Antwort. Vermutlich fahren alle Taxis den Hafen an. Am Ende der rasanten Fahrt will er natürlich mehr als die vereinbarten 10 Dollar haben. Der Prol Pirat fällt mir wieder ein, wie Recht er doch hat. Ich gebe ihm 12 Dollar und die Visitenkarte, rede von Preisabsprache mit seinem Kollegen und wir gehen los. Er hat uns etwas hinterhergerufen, aber wir verstehen ihn nicht, wollen wir auch gar nicht.

Auf dem Platz vor dem Hafeneingang da steht er wieder. Unser Taxifahrer mit seiner laminierten Mappe. Es wird eng für ihn, zeitlich gesehen. Ob er noch neue Gäste bekommt ist äußerst fraglich. Wir haben keinen großen finanziellen Schaden erlitten und kommen sogar noch rechtzeitig zum Mittagessen wieder an Bord und so lassen wir es bei einem fast vergebungsvollen „That`s wasn`t o.k."

Nach dem Essen gönnen wir uns eine kurze Pause und stürmen wieder zurück ins Getümmel. Wir treffen unsere Neustrelitzer. Sie ist etwas angetütert und es sprudeln noch mehr Worte aus ihr heraus als sonst. Dazu paart sich ein permanentes Kichern. Beide kommen von ihrer Tour „Katamaranfahrt mit Rumpunsch". Günther selbst ist stocknüchtern und wirkt peinlich berührt seiner Frau wegen. Wir finden ihren Zustand beneidenswert, wir wollen das auch fühlen.

Günther drängt auf Rückkehr zum Schiff und wir lassen sie ziehen. Wir durchstöbern die zahlreichen Läden, ich bin auf der Suche nach einem Kleid. Wie immer habe ich viel aber zu wenig passende Kleidung mitgenommen. Wegen der Hitze und meinen Blasen an den Füßen sind eigentlich nur mein Trägerkleid und die blauen Riemchensandaletten mit Keilabsatz tragbar. Weil ich aber nicht immer darin erscheinen kann, kommen noch die rote Hose und ein Shirt zum Einsatz. Alles andere befindet sich auf Weltreise, aber im Schrank. Meine anderen Sommerkleider und -röcke sind auch im Schrank, aber zu Hause. Warum haben sie nichts gesagt?

Wir finden leider nichts, was mir steht. Schatzke rät immer ab, wenn ich aus der Kabine trete. „Darin siehst du aus wie die alten Fregatten auf dem Schiff" ist sein Kommentar zu einem geblümten Hänger Kleid. Ein elegantes bodenlanges Kleid war seiner Meinung nach etwas zu eng um den Bauch herum. Komisch, dabei schaut er doch immer zu den drallen Schwatten, bei denen sitzen die Klamotten überall zu eng am Körper. „Ja aber zu Hause denken die Leute anders.", meint mein Gatte. So trage ich eben weiter das oben Genannte.

Wir gehen die gemäß Stadtplan angegebenen Sehenswürdigkeiten ab. Es sind nicht viele, aber würdig gesehen zu werden sind eher die Menschen, die uns begegnen. Die Kinder sind immer am Lachen und wegen der tageszeitlichen Bindung unserer Ausflüge sehen wir sie immer in Schuluniform. Unsere Kids lachen kaum, wenn sie von der Schule kommen. Lebensfreude kommt eben nicht vom Wohlstand, das denken wir nur im Streben danach. Es fallen uns auch etliche Männer unterschiedlichen Alters auf, die scheinbar völlig zugedröhnt mit leerem Blick in den Tag schauen. Verstaubte Filzhaare und -bärte gehören dazu. Andere wiederum tragen Äffchen mit Windeln oder Schlangenimitationen auf den Schultern und bieten sich als Fotomotiv an. Man nutzt die kurze Zeitspanne, die Geldgeberlaune der Touristen auszuschöpfen. Wir haben nur sechs Dollar dagelassen. Für ein Basecap mit maritimer Applikation, mit einem anderen kann sich

Mullemann auch nicht sehen lassen. Es würde ihn als Segler disqualifizieren.

Als die Dämmerung einsetzt läuft zuerst unser Nachbarschiff aus. Es verabschiedet sich mit einem Signal. Unsere Amadea antwortet. Das geht hin und her, zuletzt lässt die Carnival Victory ein Abschiedssignal verlauten, aber auch dieses wird von uns beantwortet. Alle Passagiere schmunzeln, aber Signalverordnungskonform ist es wohl nicht. Ein Schweizer, den wir immer beim Ein- und Auslaufen auf Deck Elf mit einer high tech Nikon Kamera treffen, kommentiert: „Nun haben die Deutschen wieder das letzte Wort." Er hat ein grandioses Bild von der beleuchteten Victory geschossen und präsentiert stolz einer Mitreisenden seine Aufnahmeautomatik. Als ich Schatzke von meinen Beobachtungen berichte, hält er mir unsere Kamera vor die Augen. Ich sehe die beleuchtete Victory. Genauso schön. Der Prophet im eigenen Land, sage ich nur.

Heute ist „black and white" Abend. Klar, dass alle in schwarzer Hose und weißer Bluse bzw. weißem Hemd erscheinen. Nein nicht alle, manche tragen die Farben umgekehrt, andere ganz in Weiß mit schwarzer Fliege usw. Auch ich habe Passendes dabei, nur wer hat mir inzwischen die Hose enger genäht? Im Hänger Kleidchen und in der Leinenhose fällt das Unausweichliche, wenn man so gut und so regelmäßig isst nicht gleich auf. Aber in der schwarzen Hose kommt es zu Presswurstkonturen. Schade um die ganzen Monate, in denen ich nie richtig satt war. Fast ein ganzes Jahr Fruchtsalat zum Frühstück und Gemüsesalat zum Abendessen. Nein ich werde mich nicht wiegen. Nicht heute und nicht in den nächsten Wochen. Diese Selbstkasteiung tue ich mir nicht an. Ich genieße in meinem Hosenpanzer trotzdem das Vier Gänge Menü und danach zwei bis drei Cocktails.

Die Amadea Showband präsentiert „The Rat Pack", eine Hommage an Frank Sinatra, Sammy Davis Jr. und Dean Martin. Mullemann hat sich nicht ganz an die Vorgabe gehalten. Er hat nicht meine Macke, er hat eine andere. Er macht generell nicht das, was man ihm sagt. Ein weißes Hemd hat er an, aber dazu Blue Jeans. An der Lounge steht wie gewöhnlich eine Abordnung der Phönix Mannschaft. Eine Frau bemerkt den Fauxpas. Er trage aber einen schwarzen Gürtel, versuche ich ihn zu rechtfertigen. Das führt zu Spekulationen, ob er einen trägt oder Träger eines solchen ist. Dann entgegnet ein anderer aus der Crew, eine schwarze Seele tut es auch und so lässt man uns durch.

Das Showensemble glänzt nicht nur im Tanzen, die Herren können auch toll singen. Besonders der Moppel besticht als Frank Sinatra. Wirkte er im Irish Dance als Fremdkörper so ist er heute Abend der Star, das Highlight, ein Feuerwerk. Auch Mullemann ist begeistert. Günther sitzt neben mir. Er ist allein. Er hat sich mit seiner angeheiterten Liebsten gekappelt und berichtet, sie sei verärgert zurückgeblieben. Schade, sie hätte dem Publikum vielleicht etwas Esprit verliehen. Aber so bleibt es träge und ist nicht imstande, hörbar zu applaudieren. Ich allein kann das durch mein jubelndes Lautieren auch nicht retten, die Show geht ohne Zugabe zu Ende. Schatzke spricht den Moppel an, im Programm haben wir nun auch seinen Namen erfahren. Er heißt Martin Kessler. „Sie gehören überhaupt nicht hierher.", beginnt er seine Huldigung. „Wir gehen oft zu Konzerten, wie Il Divo oder Adoro. Auf solche Bühnen gehören Sie." In diesem Augenblick fällt Mullemann wohl auf, dass sich die anderen vom Ensemble, sie stehen alle aufgereiht daneben, zurückgesetzt fühlen könnten. Er kommentiert nicht weiter. Martin bleibt gerührt zurück.

Wir machen an der Poolbar Halt. Die happy hour liegt zwar hinter uns ein neues Angebot aber vor uns. Vier tropische Cocktails warten für je 3,50 Euro auf Abnehmer. Dazu erklingt Musik vom Band, DJ Andy ist am Werk, er macht das heute gut. Aber Schatzke will nicht tanzen. Ich frage nach dem Grund. Was ich nun höre zerstört die ganze Stimmung. Nach einem tollen Tag ohne jegliche Disharmonie sagt er doch: „Nein ich tanze nicht, weil du gestern auch nicht wolltest." Sind wir doch auf einen Schlag in den kriegerischen Auseinandersetzungen des Alten Testamentes gelandet? „Auge um Auge, Zahn um Zahn." Ich bin wirklich verärgert, es gibt keinen Grund, mich verletzen zu müssen. Ich sage ihm das auch und dass er so was nur zustande bringt, wenn er zu viel getrunken hat. Man soll nie in alkoholisiertem Zustand

Grundsatzdiskussionen führen, sie führen nämlich zu nichts außer zur Verschärfung der Situation. Solch ein Wissen hat man, umgesetzt wird es aber leider nicht. Auch nicht von mir, ich hätte den Kommentar auch überhören können. Hab ich aber nicht und so gehts weiter. Schatzke präsentiert auch prompt eine Lösung. „Du hast recht.", sagt er. „Wir werden ab sofort gar keinen Alkohol mehr trinken. Ich nicht und du auch nicht." Schön, wenn man einen Mann und Beschützer hat. Man muss nicht mehr selbst denken, er entscheidet für einen mit. Das sage ich nicht, ich habe ja dieses Wissen. Ich sage: „Guck mich an." Das haben wir uns als Deeskalation abgesprochen, das nimmt den Wind aus den Segeln. Man hat Hemmungen, verletzend mit Blickkontakt zu sprechen, man macht das lieber, mit Blick am Anderen vorbei. Mullemann guckt mich dann auch an und da muss er lachen. So schlafen wir friedlich ein.

Aber es gibt noch eine kleine Nachwehe, so ganz hat er den Sturkopf aus Meck Pomm noch nicht abgelegt. Nach dem Erwachen, sagt Schatzke als Erstes: „Du weißt Bescheid. Keinen Alkohol mehr." Ich muss lachen.

17. November

Die Amadea läuft früher ein als angekündigt, aber sie ist trotzdem zu spät. Wir sind wieder nicht die Ersten. Die Carnival Victory ist schon da. Hatte ja auch Vorsprung. Wir liegen falsch. Als wir näher kommen sehen wir, es ist ein Schwesterschiff, das dort liegt. Die Carnival Breeze. Sie soll im Juni ihre Jungfernfahrt gehabt haben, ist also so gut wie neu. Ein in Italien gebautes Schiff. Die deutschen AIDAs sind dagegen kleine Fische und unsere Amadea das Baby eines Pottwals.

Am Kai tobt ein Gewühl. Bands und Alleinunterhalter begrüßen uns mit karibischen Klängen auf St. Johns Antigua. Wir haben zum Ausklang einen Ganztagesausflug unter dem Slogan „Ein Tag auf dem karibischen Meer" gebucht. Begleitet werden wir von Susi, was Schatzke lapidar mit „Zum Glück gibt es auf so einer Fahrt nicht viel zu erzählen." kommentiert. An der Reling verabschiedet uns der Kreuzfahrtdirektor. „Sie haben auch die Tagestour gebucht?", fragt er. „Wird sicher toll.", ruft er noch hinterher. Es muss ihn gepackt, übermannt und angesteckt haben. Zumindest wirkt es spontan, als er plötzlich neben uns auftaucht und mitkommt. Wer weiß, wer ihm die Tasche gepackt hat. Aber gut, so kann er live erleben, was die Susi so draufhat. Vielleicht ist er aber auch derjenige, der ihr verfallen oder deren Schutzpatron er ist. Kurz gesagt, wir haben es nicht herausgefunden. Scheinbar zur Diskretion verpflichtet, laufen alle privaten Belange der Crew im Unbekannten ab.

Was haben wir für einen tollen Tag. Unsere lauffreudigen Mitpassagiere haben die Sitzplätze im Schoße des Katamarans besetzt, uns stört das nicht. Wir setzen uns vorn auf die Mitte. Die Segel werden gesetzt, das Vorsegel auf der falschen Seite, aber da der Motor läuft, schadet das nicht und stört nicht einmal die passionierten Segler. Die bemerken das nur. Später nach einigen Kursänderungen steht das Vorsegel korrekt, so erspart man sich Wendemanöver!

Mit an Bord ist eine Leiche. Nicht die von der Rettungsübung, es gibt wohl noch mehr. Eigentlich ist sie keine Leiche, eher eine Scheintote oder Untote. Groß, dürr, Lederlappenhaut, soweit gleicht sie noch der Erstbeschriebenen. Aber ihr weißes Haar ist voller. Sie bindet es immer zu Zöpfen, heute hat sie sich daraus einen Haarkranz geflochten und in diesen hat sie sich weiße und pinkfarbene Blüten gesteckt. Wenn ich nicht schon etwas abgeklärt wäre, ihr Anblick hätte mich erschreckt. Gewiss ist diese Dame ein Extrem, aber im Alltag begegnet man öfter Geschlechtsgenossinnen mit geflochtenen Zöpfen. Jenseits des Grundschulalters wirkt das nicht verjüngend, sondern albern. Aber sag das denen mal. Die blicken dann so mitleidig zurück, so unter dem Motto: „Na du kannst das dir nicht leisten, du mit deinen feinen Haaren. Bist bloß neidisch." Bin ich nicht. Aber das interessiert diese Damen gar nicht. Es muss Männer geben, die darauf abfahren. Sonst hätten die Zöpfe doch keinen Sinn. Männer! Ich verstehe deren Gedanken noch immer nicht. Aber zurück zur Untoten. Weil es viel mehr alleinreisende Damen als Herren gibt, haben sie eine wenn auch temporäre Allianz geschlossen. Nicht mit jeder, denn es muss auch Raum für Grabenkämpfe geben, aber es wird mit einigen Auserwählten eine scheinbare Freundschaft signalisiert. Die Untote gehört zur Truppe der Schalfrau. Diese ist wesentlich jünger, trägt immer ein weißes oder schwarzes Tuch im Haar, hat eine vollschlanke Figur ohne adipös zu wirken und sie umgibt eine Aura, die sie zu den Unerreichbaren zählen lässt. Ich habe schon spekuliert, dass sie eine Schriftstellerin ist. Wenn man sie sieht, dann entweder mit Laptop oder mit einem elektronischen Gerät, dass das mit einem Stift auf einem Monitor Geschriebene speichert. Bei Gelegenheit muss ich unbedingt googeln, wie sich das Gerät nennt. Also die Schalfrau ist das Alphaweibchen und die Untote die Stellvertreterin. Sie wird aber in dieser Funktion nie auftreten, die Schalfrau fällt nicht aus. Alle anderen sind mit „graue Maus" ausreichend beschrieben, sie begnügen sich damit, mitlaufen zu dürfen und sich im Glanz der Schalfrau sonnen zu können. Die Untote glaubt nur, dass sie Teil einer Doppelspitze ist. Es wird ihr nichts nutzen, sie bleibt allein. Alle Damen bleiben allein, denn es traut sich kein Mann wirklich ran.

Wegen der Aura! Es kommt zu kleinen small talks auch hier auf dem Katamaran, aber zu mehr nicht.

Wir motorsegeln um die Insel, es geht vorbei an vielen kleinen Buchten, jeweils mit einem romantischen Strand, an den Ufern kleine Siedlungen oder Appartementanlagen, zum Glück noch keine Massenhotels. Wir umschiffen auch den Froschkönig, von Weitem sieht die Silhouette eines vorgelagerten Felsen zumindest so aus. Schließlich stoppen wir an einem Riff zum Schnorcheln. Die Ausrüstung ist nicht so gepflegt wie die auf der Samur, aber es gibt viel zu entdecken. Mullemann bleibt an Bord. Nach einigen Minuten ertrage ich es nicht, dass mein Schatzke dieses Erlebnis nicht hat, zumal es keine Tiefen gibt, die ihn ängstigen könnten. Ich kehre um und will ihn zum mitschnorcheln überreden. Da sehe ich vor mir einen Grauigelmann beim Schnorcheln. Mullemann? Ich bin mir nicht sicher, ich tauche, um ihn an etwas Unverwechselbarem zu erkennen. Die Badehose kenne ich, er ist es! Ich fasse ihn an und wir tauchen kurz auf. Was für ein Held! Er schnorchelt weiter, ich auch.

Als wieder alle an Bord sind, wird Rumpunsch ausgeschenkt. Nach einem Becher bin ich fast betrunken. Durch das Fruchtige bemerkt man den Alkoholgehalt nicht. Den zweiten lass ich mir mit Wasser verdünnen. Unser Kreuzfahrtdirektor, ein sehr schlanker und blasser Mann, hält sich in Einzelgesprächen mit Passagieren im Hintergrund. Unser Bordpfarrer, auch sehr blass, aber von kleiner normalgewichtiger Statur liest sein Buch „Gut und Böse", das Cover passend schwarz-weiß geteilt. Wer bringt den mal auf andere Gedanken? Vermutlich hat er keinen Rumpunsch getrunken, ich habe es nicht beobachtet. Alle anderen machen mit und es wird schnell ausgelassen auf dem Schiff.

Zum Barbecue legen wir an einem Traumstrand an. Gründlich deutsch ist alles durchorganisiert. Wir bekommen einen Drink und nehmen an weiß gedeckten Tischen unter einem Pavillon Platz. Die Steeldrumband steht bereit und legt sofort los. Nur der Drummer ist noch nicht ganz fertig, er simst noch mit der rechten Hand, bedient aber mit links sein Instrument. Einmal muss er noch antworten, dann kann er beidhändig drummen. Es gibt Reis, Gemüse und Hühnchen vom Grill, dazu Bier und Wasser.

Pferde werden am Strand vorbeigeführt, falls jemand Lust zum Reiten hat. Die habe ich schon, aber nicht auf einem Pferd. Der Schwips ist einigermaßen vorbei, als wir ins Meer steigen. Es tun uns alle nach und obwohl der Strand lang ist, hucken wir alle in einem kleinen Areal dicht an dicht im Wasser. Das ist nichts für uns und so wandern wir am Strand entlang bis zum Übergang zur Felsküste. „Schöner Platz zum F....", sagt Schatzke, aber es gibt kein sichtgeschütztes Örtchen. So lassen wir es bei dem Gedanken.

Am Strand werden gerade Plastikstühle aufgestellt und mit weißen Hussen überzogen. Konzert? Hochzeit? Tatsächlich stellt sich heraus, dass hier am Nachmittag geheiratet werden soll.

Nach der Strandpause werden wir mit Schlauchbooten zum Katamaran gefahren. Der liegt jetzt weit ab. Plötzlich bin ich mit allen Sachen, Tasche und Fotoausrüstung allein. Mullemann ist weg. Da sehe ich ihn winken. Mein Held ist die Distanz geschwommen. Noch heute erfüllt ihn seine Leistung mit Stolz. Er hätte auch ertrinken können, soweit war das. Ich schätze die Strecke auf 400 Meter, aber es können auch mehr gewesen sein.

Auf der Rücktour grüßt uns wieder der Frosch mit seiner Krone. Wir haben einen an der Krone. Nach einem weiteren Rumpunsch entscheide ich: „Ich mache einen auf Titanic." und setze mich ganz vorn auf den Katamaran Rumpf. Schatzke folgt mir und so sitzen wir hintereinander wie auf einem Bananenboot. Gegenüber machen es uns zwei Herren nach. Sie leeren ihren Becher und hören nicht mehr auf zu lachen und uns zu zuprosten. Dann wird getanzt. Es heben sich drei Schwarze von der Besatzung und drei weibliche Passagiere hervor. Eine davon bin ich. Mullemann fotografiert. Wir sind lustig und ausgelassen, der Tag ist schön.

Nach dem Anlegen schießen wir durch den Ort St. Johns. Wir wollen die Stadt sehen. Wenn wir keine Bilder gemacht hätten, wüssten wir nicht, dass wir dort waren. Schatzke fotografiert viele Mopsfrauen, aber sehr unscharf parallel zum Alkohol getrübten Verstand. Irgendwie sind wir an Bord und sofort in unser Bett gekommen. Einen Erinnerungsfetzen habe ich noch. Wir liegen im Bett und ich sauge an Schatzkes Penis. Er schmeckt salzig. Gekommen ist er nicht.

Circa zwei Stunden später wachen wir auf. Die Zeit des Abendessens ist da. Einen klaren Gedanken können wir immer noch nicht fassen. Und so wollen wir heute Abend sogar Elena Filipova und Shivko Shelev kennen lernen. Zwei bulgarische Sänger, Sopran und Tenor, als hochkarätig angekündigt. Auf den großen Bühnen der Welt sind sie aufgetreten und was haben sie für Preise abgeräumt. Früher vielleicht, aber heute ist es schrecklich, zumindest für unsere Ohren. Plötzlich kräuselt sich der Espresso in meiner Tasse. Vibriert das Schiff oder schwingt die Luft mit der Sopranstimme? „Müssen wir uns das antun?", fragt Mullemann. „Nein", erwidere ich und wir gehen.

Wir brauchen frische Luft und steuern auf das Promenadendeck zu, da muss Mullemann zur Toilette. Ich warte oben und warte, aber Schatzke kommt nicht. Ich suche ihn. In die Herrentoilette traue ich mich nicht, aber ich reiße die Tür auf und rufe nach ihm. Keine Antwort. Schließlich treffen wir uns auf unserer gegenseitigen Suche. Mullemann ist ganz aufgeregt, er trägt jetzt seine Schwimmweste. Er überschlägt sich beim Sprechen, etwas Ungeheuerliches geschieht gerade, vermutlich steuern wir auf eine Untiefe zu, er hat die Betonnung gesehen. Aber die vom Schiff, die merken das gar nicht, jetzt sind auch noch die Maschinen aus und das Schiff ist praktisch manövrierunfähig. Ich soll sofort meine Rettungsweste holen. Jetzt bloß nicht diskutieren. Ich habe Vertrauen zur Besatzung, aber ich befolge meine Anweisung und kurz darauf stehen wir beide mit umgelegten Rettungswesten auf dem obersten Deck. Auf der seitlichen Brücke stehen der Kapitän und zwei Offiziere. „Was ist hier nicht in Ordnung? Eine Untiefe?", ruft Schatzke nach unten. „Was soll hier nicht in Ordnung sein?" ist die Antwort. Allmählich erkennen wir, dass die betonnte Untiefe ein beleuchtetes Fischerboot ist, das wohl havariert ist. Es wird mit Leinen beigeholt. Auf dem Kahn sind zwei Männer, die für meine Beobachtungen völlig unprofessionell ja sogar stümperhaft reagieren. Nur ab und zu kommt einer von ihnen aus dem Unterstand hervor und sie setzen auch die Fender nicht. Das Boot schlägt mehrmals heftig gegen den Rumpf der Amadea. Langsam füllt sich das Deck, verstohlen lassen wir die Westen hinabgleiten. Aber wir werden nicht bemerkt. Die, die kommen, schauen sofort nach unten zum Bergungsmanöver. Schatzke bringt die Westen weg und den Fotoapparat mit. Inzwischen tauchen auch Gäste in Schlafanzügen auf, vermutlich wurden sie aus dem Schlaf vibriert. Alle spekulieren. Ein Reiseleiter geht an uns vorbei, Schatzke spricht ihn umgehend an. Warum keine Durchsage kommt, will er wissen. Die Offiziere wissen, was sie machen, ob er das etwa anzweifeln würde und eine Durchsage verursache nur eine Massenpanik. Schatzke glaubt ihm nicht, denn schließlich hat er einen Offizier angesprochen, als die Maschinen stoppten und dieser wusste nicht warum. Der Reiseleiter kennt meine Deeskalationstaktik nicht, aber zum Glück geht er weiter. Nachdem die Gefahr vollends gebannt und das Fischerboot sicher vertäut ist, ist auch Schatzke beruhigt. Nun können auch wir ins Bett gehen und endlich wird der Sex Voucher eingelöst. Es ist ein Full Service Scheck.

18.November

Der letzte Karibiktag bricht an und gleichzeitig sind wir in der europäischen Union. Im Hafen von Pointe a Pitre auf Guadeloupe wehen die französische und die Europafahne. Der Kreis schließt sich. Wir wenden wieder im Hafenbecken und verwandeln das türkisblaue Meer in ein Sandbad. Für ein weiteres Schiff wäre gar kein Platz im Hafen und so lassen wir es ruhig ausklingen. Zudem ist Sonntag, alle Geschäfte in der fast greifbar nahen Stadt sind geschlossen.

Wir fragen uns, was war gestern im Rumpunsch. Wir haben Susi beim Mixen zugeschaut, es war höchstens ein Viertel Rum im Becher, sonst Orangensaft. Wir denken wieder klar, aber vom Nachmittag und Abend existieren nur verschwommene Eindrücke. Da waren doch die beiden Männer, die so gelacht haben. Die haben uns zugewunken, wie den dicksten Freunden. Wie geht es denen? Wir fragen nach. Eine Frau gibt uns Auskunft. Ihr Mann sei sofort eingeschlafen und bis zum Morgen nicht mehr aufgestanden. Wenn so ein Bär sogar das Abendessen verpasst, dann hatte er noch mehr intus als wir. Den anderen Rumpunschbeteiligten erging es ähnlich, der Grad des Vergessens zeigt eine proportionale Abhängigkeit von der Anzahl der geleerten Becher. Trinken etwa alle mehr als sie vertragen? Es gibt eine andere Lösung. Der Rum hat einen Alkoholgehalt von 73%. Wir teilen unser neues Wissen mit Günther. Seine liebe Kris ist also völlig unschuldig, er muss sich nicht mehr für sie schämen. Ihren Zustand, um den wir sie ja beneidet haben, den haben wir auch erlangt. Unfreiwillig wie sie.

Günther schließt dann eine weitere Erinnerungslücke. „Ja, wir haben euch gestern noch gesehen in der Stadt." „Was, wo denn? Wir haben uns doch gar nicht getroffen." „Klar, ihr habt uns doch zugewunken." „Was? Daran können wir uns nicht erinnern." Es ist aber so gewesen. Als ich meine Fotos durchsehe, stelle ich erschreckt fest, das auf einem Günther und Kristina auf einer Brüstung stehen und winken. So, wenn das kein Beweis ist, dass seine Kristina nichts für ihren vorgestrigen Zustand kann. Damit ist sie rehabilitiert!

Wir sind immer die Letzten. Liegt vielleicht an unserer Urlaubsstimmung, die unseren Gang heruntergeschaltet hat. Jedenfalls haben wir die Laterne. Immer die Letzten bei den Ausflügen, die Letzten am Bus, die auf den letzten Plätzen. Das sind die unter einer tropfenden Klimaanlage, vorn auf dem Katamaran unterm Vorsegel etc. Nein, eine Niete haben wir dabei nie gezogen, aber heute am letzten Tag, wollen wir bei den Ersten sein. Vom Kampf um den Siegeseinlauf habe ich schon berichtet, wir sind fest entschlossen, ihn zu gewinnen. Wir sind im Bus 1 mit Michael! Gewonnen! Alle vier Neustrelitzer sind auch dabei, ohne Kampf. Aber wer weiß? Michael kündigt uns einen lokalen Guide an, der deutsch spricht, allerdings schweizerdeutsch. Wir erwarten also einen bärtigen und etwas sonnengebräunten Urschweizer. Aber wir haben uns geirrt. Unser Guide entspricht überhaupt nicht dieser Vorstellung. Es erwartet uns ein fröhlicher, wirklich dicker schwarzer Mann, Ende Dreißig, der früher im französischen Teil der Schweiz gewohnt und im Elsass gearbeitet hat. Wo bitte sehr wird da Deutsch gesprochen? Michael, du hast diesmal nicht ordentlich recherchiert. Natürlich spricht unser Reiseführer kein Schweizerdeutsch, sondern ein Deutsch mit französischem Akzent. Man muss sich erst einhören, aber auch er wiederholt immer alles, was er sagt und lacht dann herzlich darüber. Wir lassen uns schnell anstecken. Unser Kampf hat sich auf allen Ebenen gelohnt. Wir sitzen nicht nur im Bus 1, sondern auch auf super Sitzplätzen, auf der rechten Seite vor dem hinteren Einstieg, haben also eine gute Sicht. Endsieg, was bitte nur in reinem Wortsinn zu verstehen ist.

Unser Dickerchen sprudelt die Informationen nur so heraus, er sagt selbst, er mache lieber Ganztagestouren, weil er es sonst nicht schafft, seine Insel vorzustellen. Wir sind auf Halbtagestour, legen also den Turbogang ein. Wir fahren zum größeren Teil der Schmetterlingsinsel, der bergiger und grüner sein soll als der kleinere. Den Namen hat die Insel wegen ihrer Silhouette aus der Vogelperspektive. Vor allem aber fahren wir dort hin, weil wir die Carbet Wasserfälle sehen wollen. Es geht über Straßen und durch Ortschaften, die europäisch gepflegt anmuten. Südeuropa ist jetzt nicht gemeint. Großflächig angelegte

Bananen- und Zuckerrohrplantagen säumen die Straße und es gibt Industrie. Hier wird also produziert, nicht nur eingeführt. Seltsam ist, dass sich die Arbeitslosenquote konträr dazu verhält. Sie soll bei 40% liegen. Wie war das vorgestern auf St. Kitts? Waren es dort nicht 6%? Die Verlässlichkeit beider Angaben ist so unterschiedlich wie deren Höhe. Ich erinnere an unseren untreuen Taxifahrer.

Wir halten an einem indischen Tempel, sofort erfahren wir die Quoten der Religionszugehörigkeiten auf Guadeloupe. Achtzig Prozent sind Katholiken, dann kommen die Buddhisten und es gibt einige Muslime aber noch kein Minarett. Wieder im Bus schwärmt er von der Flora der Insel und bedauert, dass wir zur falschen Jahreszeit hier seien. Der Flammenbaum, der praktisch hier der Alleebaum ist, blühe von Januar bis August und tauche die Insel in ein tiefes Rot. Diesen Baum haben wir bisher als Farn Baum abgespeichert! So etwas kommt von rudimentären Informationen oder wenn man im Unterricht nicht aufpasst.

Wir erreichen den Wasserfall und sind gleichzeitig wieder im Regenwald. Wir steigen aus dem klimatisierten Bus und sind sofort durchgeschwitzt. Zum Wasserfall gehts bergauf und bergab. Die Wanderung macht unser „Schweizer" nicht mit, er wartet unten mit den anderen nun wieder Gehbehinderten. Seine der Statur geschuldeten Transpiration hätte sicher zur weiteren Steigerung der Luftfeuchtigkeit beigetragen. Der Weg war wieder exzellent befestigt. Sogar über die Treppen aus Holzbohlen hat man Drahtgitter getackert. Heute nach dem Regenguss wären wir ohne diese Sicherheitsmaßnahme sicher ausgerutscht und gestürzt. Der Weg ist das Ziel. Dieser Satz stammt nicht von mir, aber er bewahrheitet sich wieder. Der Weg endet nämlich weit unterhalb und in ungreifbarer Nähe zum fallenden, schäumenden und brausenden Nass. Nun ja, so bekommt man ihn ohne Panoramafunktion oder Weitwinkelobjektiv in seiner ganzen Pracht aufs Bild. Schatzke klettert beherzt über die Absperrung hinunter zum Strom über Felsen und Geröll. Mein Held begibt sich in größte Gefahr nur für ein unvergessen machendes Motiv. Selbstverständlich lauert kein wirkliches Unheil, aber es genügt ein

Abgleiten oder Umknicken und schon muss man mit der Bahre weggetragen werden. Das schnelle Ende der unerlaubten Aktion ist aber in der Schwüle begründet, die jede Bewegung außerhalb des Schattenweges zum schweißtreibenden Manöver werden lässt. Er kehrt um und wir gehen über die Drahtmatten zurück.

Ein kleiner Vogel hält uns noch einmal auf, er lässt sich ausgiebig von allen Seiten mit dem Teleobjektiv auf Detailsuche ablichten. Ich kenne ein Dutzend Vogelarten ohne sie wirklich im Bedarfsfall zuordnen zu können. Eingebrannt hat sich zum Beispiel ein Workshop in Zinnowitz. Als es etwas langatmig zu werden schien, glitt mein Blick durchs Fenster und fiel auf einen Ast auf dem ein Piepmatz seine Sperenzien machte. Ich stieß meine Nachbarinnen an: „Seht mal, was für ein süßer kleiner Vogel." Etwas habe ich mich schon geschämt, als die Eine entgegnete: „Das ist ein Spatz." So verkneife ich mir jetzt, einen Tipp über die Artenzugehörigkeit dieses Vertreters abzugeben, aber er ist possierlich anzuschauen. Wieder am Treffpunkt angelangt, umarmen und küssen wir uns. Das machen wir ja ständig, aber unser Schwarzer Schweizer, nicht dass Sie jetzt denken, ich bin rassistisch, nein er betitelt sich selbst so. Also er lässt seiner Vermutung die Worte folgen: „Na ihr seid ja sehr verliebt." Ja das sind wir. Aber tatsächlich fällt uns jetzt auf, dass die anderen sich nicht umarmen oder küssen. Sie lieben sich unauffällig, nicht Öffentlichkeitswirksam oder eben auch gar nicht.

Wir kleben nicht nur aneinander, sondern auch am eigenen Körper. Wie wohltuend ist es da wieder im Bus. Auf Rücktouren werden immer weniger Informationen vermittelt als auf der Hinfahrt. Bei unserer Plaudertasche nicht, sie sprudelt weiter. Es gibt noch Höhepunkte. So halten wir an einer Parallelstrecke der Route oder Rue 1. Im 19. Jahrhundert hat hier ein Insulaner ein Statussymbol errichtet - eine doppelreihig mit Königspalmen gesäumte Allee. Es gibt eine Geschichte dazu, man muss nur Französisch beherrschen. Wir suchen immer noch Jemanden, der die Infotafel vom Wegesrand übersetzt. Er oder Sie müssen gar nicht dorthin, wir posten einfach das Foto.

Die Tour endet mit einer Verkaufsveranstaltung. Aber ohne Nötigung, Beleidigung oder Erpressung. Also keine Kaffeefahrt. Herrlich oder? Wir stoppen erneut vor dem indischen Tempel nur auf der anderen Straßenseite. Was gibt es denn Neues zu sehen? Die Briefkastengalerie, die sich um einen Baum drängelt und scheinbar die hundert Anwohner im nächsten Umkreis abdeckt? So etwas haben wir noch nicht gesehen. Klar wird sofort geknipst. Aber der Grund des Stopps ist gar nicht den Postsammelstellen geschuldet. Der unscheinbare Verkaufsstand ist es. Es funktioniert. Ohne große Worte werden die Euroscheine gezückt und Honig, Säfte, Obst und Gebasteltes in Tüten eingesackt. Sammler, Beuteltiere, wir können nicht anders. Wieder auf unseren Sitzplätzen geht es in die nächste Geschichtsstunde. Es leben auf Guadeloupe zwei schwarze Rassen. Nein ich denke mir das nicht aus, für mich sind alle Menschen gleich. Unser Guide möchte uns vermitteln, dass wir die Nachkommen der afrikanischen Sklaven an den krausen Haaren und der flachen Nase erkennen können und die der Westindischen Kolonialzeit an der glatthaarigen Frisur und der geraden schmalen Nase. Schwarz seien beide. In mir erwacht ein Gefühl der Scham und Bedrücktheit, Rassentheorie und die Einteilung in edle und minderwertige kommen in mir hoch. Ich schäme mich für etwas, was zwei Generationen vor uns verbreitet haben, dabei strahlt unser Interimsschweizer und verbreitet für ihn wertfreie Sachkenntnisse.

Am Kolumbusdenkmal halten wir nicht. Wir erfahren, dass der Amerikaentdecker 1493 hier landete. Vermutlich war es nur ein Zwischenstopp, so auf der Durchfahrt quasi, aber immerhin. Die Insel gewinnt an Bedeutung. Von den zahlreichen Wortspielereien kann ich nur noch wiedergeben, dass die typischen einheimischen Holzhäuser mit Wellblechdächern ausgestattet sind und der Schwarze Schweizer dazu „Fässer mit Blechdeckel drauf" sagt. Wir hören und vergessen kreolische Worte, so spricht man auf Guadeloupe neben Französisch und dann verabschieden wir uns.

Auf Wiedersehen Guide, auf Wiedersehen Guadeloupe und auf Wiedersehen Karibik. Ein letztes Mal gehen wir die Gangway hinauf, ein letztes Foto von Mullemann, der von oben winkt, ein letztes Ablegemanöver der Amadea. Es geht auf die tagelange Atlantiküberquerung hinüber zur „alten Welt". Wir weinen nicht. Wehmut soll nicht aufkommen, dafür wird gesorgt. Am Pool wird gefeiert, es gibt Cocktails. Die happy hour wird nicht vorverlegt, nein man mixt gratis.

Eleksander Paskel bläst live die Abschiedsmelodie auf seiner Trompete und wir setzen uns auf die letzten freien Plätze im Schatten am Tisch der Tänzerin. Sie ist eine tolle Frau, voller Energie und Lebensfreude und immer flott gekleidet. Aber sie hat es nicht geschafft in den Kreis der temporären Freundinnen, sonst gäbe es keinen freien Platz am Tisch. Klar, sie ist eine Konkurrentin im Kampf um Anmut, Schönheit und Eleganz, wenngleich sie selbst den Kampf wohl nicht führen oder suchen würde. Aber sie ist erkannt worden. Ich habe vor ein paar Tagen unfreiwillig ein Gespräch mitgehört. Ich sitze auf der Toilette und die Tänzerin berichtet im Waschbeckenbereich einer Andern, dass sie am Tisch der Alleinreisenden Platz nehmen wollte. Ich bin fertig, aber wenn ich jetzt spüle, dann wissen beide, dass Jemand mitgehört hat und dann erfahre ich nicht das Ende der Geschichte. Also bleibe ich sitzen. Nun ein Alphaweibchen (das betitele ich jetzt so, die Tänzerin gebraucht einen anderen mir inzwischen entfallenden Namen) lehnte ab. „Nein, da sitzt die Inge, geh doch rüber zum anderen Tisch." Auf der Amadea gibt es keine festen Sitzplätze, Reservierungen sind gar nicht möglich außer zu Geburtstagen, Hochzeiten oder anderen Jubiläen. Aber es menschelt und der Kampf um die Position in der Nahrungskette tobt unentwegt. Nur die Gesättigten, also auch wir, nehmen nicht daran teil. Jedenfalls nicht so vordergründig. Die Tänzerin wird also abserviert und ausquartiert und hat nun den festen Entschluss gefasst: „Nie wieder Amadea. Nur noch große Kreuzfahrtschiffe."

Bettina und Manuel spielen auf, wir wollen aber nicht zuhören und nehmen unser Mittagessen im „Vier Jahreszeiten" ein. Das Nachmittagsprogramm lässt erahnen, was bei den Seetagen so alles auf uns zukommt. Wir werden Spieler und Gewinner oder Verlierer bei

„Name, Stadt, Land mit Daniela", „Reiki Kurs 1", „Jakkolo mit Andy", „Make-up Workshop", „Bingo, Bingo", „Golf Club mit Ulfi", „Walk a mile mit Andy" und „Tanzen leicht gemacht mit Pepi und Viktor".

Mullemann wird ein Golfer, heute wird ihm die Technik vermittelt. Mit viel Überredung bekomme ich ihn danach mit zum Tanzkurs, zuletzt gibt die Aussicht auf den happy hour Cocktail im Anschluss den Ausschlag. Er kommt mit. Auch die anderen Männer wurden offensichtlich überrumpelt, jedenfalls tun sie so. Es erscheint der Bavaria 34 Segler auf der Tanzfläche und Schatzke ist plötzlich motiviert. Segler halten zusammen und sie machen nur das, was sie selbst auch wollen und sie machen nichts, was nur im Entferntesten unmaritim wirkt. Tanzen gehört nicht dazu. Wir lernen die ersten Schritte Salsa und Tango. 2008 in Pisa, mitten auf unserer Hochzeitsreise, da wurde Tango getanzt im „Victoria Hotel". Mullemanns Gefühle kamen in Wallung und seine Begeisterung wuchs ins fast Unermessliche. Überschäumend umarmte er mich und raunte mit ins Ohr: „Jedes Jahr werden wir hierher zurückkommen, ich verspreche es." Wir haben nichts dergleichen in die Tat umgesetzt, aber nun kommt zumindest der Tango zurück. Das Schiff hebt und senkt sich und es strengt sehr an, das Gleichgewicht zu halten und dazu noch Schrittfolgen zu beachten. Ich trenne mich von den blauen Riemchensandaletten, es ist sicherer. „Eins, zwei, drei – fünf, sechs, sieben.", so zählt und schnipst Victor. Die Vier fehlt im Salsa Takt. Mir macht es Spaß. Ich schaue Schatzke nicht in die Augen, um ihn mir nicht gleich zu verderben, also den Spaß. Die Cocktails danach schmecken fantastisch.

Der Abend wird so gut, wie er sich vorstellt. Die Amadea Showband und das sechsköpfige Ensemble präsentieren: "Sweet Home Chicago" angelegt an den Kultfilm „Blue Brothers". Diesmal wird der Ausklang über der Poolbar von keiner Disharmonie überschattet und getanzt haben wir ja schon.

19. November

Die Nacht ist geprägt durch mäßigen Seegang, der das Bett und vor allem seine Insassen schaukeln und die Holzverkleidung der Kabine knarren lässt. Mit anderen Worten es ist sehr unruhig und wir finden keinen Schlaf. Mullemann schnappt sich Tücher und Blätter, sogar das Ausflugsprogramm des Vortages muss dran glauben und stopft sie in die Ritzen. Aber es knarrt weiter. Schließlich verteilt er Ohropax, aber die rutschen immer aus den Ohren. Wenn wenigstens das Schaukeln aufhören würde. Wir versuchen es durch einen Lagewechsel auszutricksen. Wir legen uns quer ins Bett. Ich finde es angenehmer, Schatzke nicht. Aber so im rechten Winkel zueinander zu liegen, dazu ist das Bett nicht groß genug. Über dem ganzen Aktionismus geht die Nacht zu Ende. Vermutlich hat uns zwischendurch doch das Traumland eingeholt, denn müde sind wir nicht.

Das Angebot an Bespaßung nimmt zu. Vorträge, Andachten und eine erhebliche Erweiterung des Sportprogramms warten auf Teilnehmer. Was mutet man den vielen Hochbetagten alles zu? Frühsport, Wirbelsäulengymnastik, Boccia, Tischtennis und Shuffleboard. Mich lockt nichts davon und nichts kann mich von meinem Gammeltag abbringen. Wir haben nicht nur den größten Balkon auf dem Deck, sondern auch herrlichen Sonnenschein. Vitamin D Aufnahme ist garantiert und so schmore ich auf der Liege und schreibe, schreibe, schreibe an diesem Buch. Allmählich fange ich an zu garen, müsste die Sonne nicht mal auf die Backbordseite wechseln? Sie ändert ihren Platz am Himmel aber nicht. Was ist los? Bleibt die Zeit stehen? Schatzke klärt mich auf. Wir fahren gen Osten dem Morgen entgegen. Das bedeutet wir werden den ganzen Tag Sonne auf dem Balkon haben. Das wird bis zur Ankunft so bleiben, denn Kursänderungen sind bei einer Atlantiküberquerung kaum zu erwarten. Ein Gewinn ohne Wettkampf, nur Wolken könnten unseren Gewinn schmälern.

Siegesgewiss lasse ich mich kurz auf das Mittagessen ein und verlasse meine Sonneninsel. Das erlaube ich mir dann erst wieder um halb vier. Golf Club mit „Hole in One" Wettbewerb. Wer mit einem Schlag den Ball versenkt, bekommt von Ulfi eine Flasche Sekt. Ob es eine große oder eine Piccolo Flasche wird, bleibt ungewiss. Eigentlich wollte ich nur den Fanclub von Mullemann mimen und mich unters Volk mischen, aber jetzt wo ich schon mal da bin, möchte ich Quereinsteigerin werden. Die Anderen und auch mein Schatzke hatten schon gestern ihren Einführungskurs. Ein Wettbewerb ist ausgerufen und damit bekommt man mich fast immer. Ich will gewinnen. Aber Ulfi schickt mich wieder weg, ich bin nicht ordnungsgemäß gekleidet. Die nackten Schultern sind es nicht, die hier nicht erlaubt wären, aber Badelatschen, das geht nun wirklich zu weit. Schnell flitze ich zur Kabine und mit Sportschuhen an den Füßen werde ich aufgenommen in den Kreis der Kandidaten. Schatzke kommt an die Reihe, macht ein, zwei, drei Schläge aber jedes Mal vorbei. Er geht leer aus. Ich bin noch nicht dran, ja ich habe noch nicht einmal einen Schläger. Ein Kavalier überlässt mir seinen, da fällt mir ein, ich weiß gar nicht, wie ich den halten soll. Eine Chance habe ich noch die Sache zu beobachten, dann muss ich zum Start. Große Unterschiede zum Minigolf kann ich nicht erkennen, eigentlich gar keinen. Aber den Vergleich lehnt Ulfi strikt ab. Nun los. Drei Schläge darf auch ich abgeben und plopp beim dritten ist der Ball im Loch. Reflexartig springe ich hoch und juble: „Yeah", alles klatscht. Ulfi holt eine große Flasche gekühlten Sekt. Als ich beichte, dass dies meine ersten Golfschläge waren, grinst Ulfi ob des Anfängerglücks. „Ja Anfänger sind immer die Gefährlichsten". Gerade jetzt verbietet sich jede Anspielung auf die Familienfreizeitaktivität, die mit dem Mini vorneweg. Nun kommen die kritischen Bemerkungen aus dem Profilager. Eigentlich hätte es gar nicht klappen dürfen, wegen meiner Haltung, der Stärke des Schlages und überhaupt. Hätte. Hat aber! Als Übernächster ist mein Kavalier an der Reihe und plopp, auch er versenkt den Ball. Wir teilen unsere Flaschen unter alle Mitspieler auf und als wir anstoßen, da muss Ulfi die dritte Flasche spendieren. Kam, sah und siegte, so muss es sein, sonst bekomm ich schlechte Laune.

In bester Stimmung gehen wir zur Kaffeestunde in die Vista Lounge. Heute klimpert Adrian Coustantinescu eine never ending

Pianokomposition. Wenn man sich schon den Tag durch die Mahlzeiten einteilen lässt, dann kann ja auch noch die Tee-, Kaffee- und Gebäckzeit dazukommen. Danach gammle ich weiter. In der Ära der Papierbilder schoss man 36 oder auch mal 72 Fotos im Urlaub und davon waren bestenfalls die Hälfte gelungen. Aber jetzt im digitalen Zeitalter werden es von Mal zu Mal mehr und mit zunehmender Pixelzahl wächst der Datenberg, den man verarbeiten und speichern kann. Auf dieser Reise werden wir 2234 Pictures machen, nicht mitgerechnet die, die in den Papierkorb wandern. Klar, dass diese Menge bearbeitet und geordnet werden muss und dafür eignet sich nun die freie Zeit.

Schatzke inspiziert derweil das Zimmer und schließlich hat er den Ursprung des Knarrens gefunden. Die Zierleisten. Er will so lange montieren, bis die Geräusche verschwinden, auch wenn wir nachher eine Doppelkabine haben. Er werkelt und werkelt und dann sorgt ein Messer in der Eckleistenverbindung für Ruhe. Man sollte sich Sicherheitshalber nicht direkt darunter stellen oder legen.

Mehr passiert nicht bis zur nächsten Tagesetappe, dem Dinner. Es sind immer vier Gänge, aber heute kann ich sie erstmals wiedergeben, denn ich habe die Karte mitgenommen. Darauf muss man erst mal kommen. Man muss doch nur fragen. Auf Reisen wird der Kopf immer leerer, man lebt in den Tag hinein und nennt das Erholung. Damit man mehr behält, als dass es schön war, schießt man Fotos oder schreibt Tagebuch und weil wir später wissen wollen, warum wir auf dieser Reise so viel zugenommen haben, benötigen wir Beweise, dass wir nicht widerstehen konnten. Das heutige Menü soll beispielhaft herhalten. Erster Gang: Schatzke wählt „Hirsch und Kürbis in Süßweingelee mit Pilzsalat", ich den „Sommersalat". Als zweiten Gang nehmen wir beide die „Knollenselleriesuppe mit Trüffelschaum". Im dritten Gang wird Schatzke der „Wildschweinbraten in Wacholdersoße, Bayrisch Kraut und Gnocchi" und mir die „Gebratene Rotzunge mit Citrus-Hollandaise, weißem Spargel und Reibekuchen" serviert. Der vierte Gang bringt uns „Vanille Kaffeeflan mit

Himbeersoße". Da kann man doch nichts auslassen oder? Schon die Wahl aus je drei Möglichkeiten ist schwer genug.

Haben Sie bemerkt, dass im Tagesablauf etwas fehlt? Der Tanzkurs. Ich bedaure das sehr, Mullemann freut sich insgeheim. Pepi und Victor haben heute eine Show und müssen vorher proben. Es wird ein Flamenco Spektakel unter dem Titel: „Die Begegnung". Sogar Schatzke ist begeistert. Steht er nun dem Kurs positiv gegenüber? Es wird sich schon morgen zeigen. Heute erklatschen wir uns eine Zugabe. Mullemann fand Victors Einlage am besten, als sein gesamter Körper quasi vibriert und sich über seine Schuhe in Stepplauten entlädt. Auch die Kondition der beiden hat ihn fasziniert. Pepi ist schon etwas aus dem Leim geraten. Im bauchfreien Minirock Kostüm fällt das besonders auf. Trotzdem wirkt sie erotisch und sehr sportlich. In diesem Moment fühle ich mich in bester Gesellschaft, im nächsten schon denke ich an Schatzkes Warnung: „Zuhause sieht man das anders" und schon hadere ich mit meiner Figur. Konsequenzen ergeben sich für heute nicht. Die Spanier wecken nun die Lust, auch noch zu tanzen. DJ Andy soll ja auflegen. Tut er aber nicht. Er erbarmt sich der jungen Alleinreisenden. Wenn man beide so stehen sieht, kommt man zu keinem anderen Schluss. Andy spricht oft mit ihr, mehr nicht. Das Mädchen ist vielleicht Mitte zwanzig, hat eine top Figur und kurze brünette Haare. Sie kleidet und frisiert sich leider so unvorteilhaft, dass sie nichts Erotisches mehr ausstrahlt. Ihr Outfit lässt sie außerdem mindestens zehn Jahre älter aussehen. Ihr Gang ist skurril. Sie imponiert völlig steif und trägt mit einem Hohlkreuz ihren Busen vor sich her. Schatzke spekuliert, sie sei eine Chefsekretärin, die ihre ganze Garderobe darauf abgestimmt hat. Sie hat nichts anderes zum Anziehen. Aber muss gerade jetzt Andy den Samariter geben?

Wir kommen nicht zum Tanzen. Enttäuscht wollen wir aufbrechen, da taucht Mister Red Shoes auf. Er verrät, dass er gleich zur Probe muss. Morgen ist er wieder mit von der Partie mit den drei Damen und Herren vom Ensemble. Das sei auch für ihn mal etwas ganz Anderes. Das glauben wir auch. Er soll nur die Begleitmusik spielen? Er der Show Held? Und dann noch vor dem Abendessen! Morgen ist Gala-

Dinner. Er als „Appetizer". Die besten Geschichten schreibt doch immer das Leben selbst. Dann ist nichts mehr los in den Bars und wir ziehen uns zurück. Aber wir sind noch lange nicht ausgepowert. Nach den sexuellen Handlungen schon. Was für eine schöne Reise.

20. November

Wir erreichen heute eine neue Zeitzone, aber wir dürfen die Uhren nicht in der Nacht umstellen. Heute Mittag sollen wir das nachholen und sie eine Stunde vorstellen. Weiß der Fuchs warum. Vermutlich wollen sie eine Stunde Bespaßung sparen und weil sie schon mal auf eine so geniale Idee gekommen sind, sollen wir es weiter so handhaben.

Jedenfalls ist es früh hell, wir sind wach und noch kein Programmpunkt ist realisierbar. Es ist vor sieben Uhr! Na dann machen wir eben mit dem weiter, mit dem wir gestern Abend aufgehört haben. Sex! Da fällt Schatzke ein, dass ihn seine Mutter immer vor zu viel Sex gewarnt hat. Das führt zum Rückenmarkschwund. Ich beruhige ihn. Meines Wissens nach gilt das nur fürs Onanieren und das macht er ja jetzt nicht. Wir lachen über das Ammenmärchen und machen weiter. Nachdem wir uns von der Lust erholt haben, gehen wir frohen Schrittes ins Freie.

Wir sind immer noch etwas früh dran, aber wir setzen uns an den Pool und genießen den Seeblick. Kein weiteres Schiff ist zu sehen, kein Wal und kein Delphin. Nichts außer uns.

Irgendwann am Vormittag ist uns nach Tischtennis. Aber es ist aussichtslos. Zwei Herren blockieren die Platte, sie sind und bleiben da. Günther hat eine Reiki Privatstunde und Kristina Qui Gong. Wir lochen zwei Runden Golf ein und gehen dann in den Fitnessraum. Da läuft schon eine Dame, über die muss ich hier etwas ausholen. Das Promenadendeck lockt mit einer Joggingmöglichkeit. Die wird wirklich angenommen. Nicht von vielen, aber von den wenigen scheinbar mehrmals täglich. So sahen wir sie heute früh wieder ihre Runden rennen. Eine Endfünfzigerin oder Anfang Sechzigerin, ca. 1,60m groß und höchstens 40 kg schwer, absolut mager und mit diesem Loch zwischen den Oberschenkeln. Abtörnend. Schatzke postuliert: „Also an der ist ja gar nichts dran, kein Arsch und keine Titten. Da weiß man gar nicht, wo man anfassen soll beim F....“ Als wir den Fitnessraum betreten, sehen wir sie doch auf dem Laufband! Die Promenadenrunde ist höchstens zehn Minuten her. Schon verrückt! Wozu bloß im Himmel? Unser Anblick vertreibt sie auf der Stelle. Wir fahren Rad, trainieren an Geräten Bauch, Beine, Arme, Po und nutzen auch das Laufband und den Stepper. Nach fast einer Stunde sind wir tüchtig durchgeschwitzt und haben 250 kcal verbraucht. Die Geräte haben mitgezählt. Erstaunlich wenig, höchstens ein halbes Dessert, mehr nicht. Dann können wir auch aufhören.

Wir gehen duschen und danach auf den Balkon. Die Sonne ist immer noch da. Plötzlich verlangt Schatzke: „Los, blas mir einen." Er rechnet bestimmt nicht damit, dass ich das auch mache, aber ich gehorche. Ich knie mich vor ihn hin und nehme den noch schlappen Schwanz, umschließe ihn mit meinen Lippen, befreie die Eichel von der Vorhaut und massiere ihn sanft mit meinem Mund. Er wird hart und wir geil. Aber da ist die Überwachungskamera. Sie hat auch unseren Balkon auf dem Visier, wir sind zwar hinter der Sichtabsperrung, aber sicher sind wir nicht. Wir wechseln den Kopulationsort und treiben es weiter auf unserem Doppelbett. Über dem Bett ist ein Spiegel angebracht, was die Lust noch steigert. Nach 1000 kcal Verbrauch sind wir fertig. Die Angabe basiert auf keiner automatischen Zählung oder Berechnung, nur auf Gefühl.

Mit großem Appetit nehmen wir eine Mahlzeit im Amadea Restaurant ein und gehen nochmal zum Golfen. Ulfi erklärt auch mir die Grundbegriffe des Golfsports, demonstriert mir, wie man den Schläger hält, bei welcher Schlagrichtung man wie zu stehen hat und so weiter. Danach fühle ich mich viel sicherer. Leider werde ich nicht besser beim Einlochen. „Üben, üben, üben" sagt Ulfi. Dann widmet er sich den „Abschlägen ins Meer". Kugelförmig gepresstes Fischfutter wird mit kräftigen Schlägen ins Meer katapultiert. Schatzke stellt sich dazu, aber er kommt nicht dran. So eine Konstellation nervt ihn immer tagelang. Vermutlich empfindet er es als Demütigung, aber sie sind nun mal überall die Möchtegerns, Besserwisser, Rücksichtslosen, Egoisten. Ich versuche zu beschwichtigen Wir kennen uns mit dem

Golfvokabular nicht aus, vielleicht sind zu dieser Stunde nur Profis zugelassen. Aber es nutzt nicht, Schatzke ist sauer.

Wir müssen uns zeitig umziehen. Um 18:00 Uhr ist Gala-Dinner. Unter Bekleidungsvorschlag steht heute: tagsüber leger, abends Galakleidung (Herren Smoking, Dinnerjacket oder eleganter Abendanzug, Damen entsprechend). Mullemann lässt sich doch nichts vorschreiben, schon gar nicht, wenn er schon so mitgenommen ist! Außerdem ist das schicke lila Hemd inzwischen etwas zu eng und noch durchgeschwitzt von der Aufregung vom Kapitänsempfang. Er ist der festen Überzeugung, er ist immer gut gekleidet und weil das stimmt, nehme ich ihn so wie er ist.

Zuerst pilgern wir zum Appetizer. Die Aqua-Show beginnt um 18:30 Uhr und die Inszenierung und Kostümierung erinnert mich an den Cirque du Soleil. Von denen bin ich ja ein großer Fan. Mr. Red Shoes hat natürlich nicht den Status eines Begleitpianisten, nein er thront am Flügel auf einer Empore und die Sänger und Tänzer bewegen sich um ihn herum. Sogar die Beleuchtung setzt vorwiegend ihn in Szene. Heute trägt er klassisch black/white. Später beim Abschlussapplaus als er in voller Pracht vor den Flügel ins Rampenlicht tritt, da bemerken wir, dass er es mit seinem Markenzeichen, den roten Krokodillederschuhen tut. Durch die Show zieht sich das Thema Wasser einschließlich den darin beheimateten Pflanzen und Tieren. Es ist wieder ein Erlebnis im positiven Sinn. Am Anfang der freien Reisemöglichkeiten habe ich fast ausschließlich Pauschalreisen gebucht und bin dann mit Familie in Hotelanlagen gelandet, wo die zukünftigen Reisekaufleute am Tage die Gäste auf Ausflügen begleiten oder am Pool Sport und Spiel anpreisen und am Abend ein „Kulturprogramm" veranstalten. Da alle alles machten, war es wenig professionell und nur mit Nachsicht und Wohlwollen zu ertragen. Aber in Ermangelung von Alternativen haben wir mitgemacht. Hier auf der Amadea wird uns ein gänzlich anderes Niveau geboten. Es ist auch besser, als man vermuten möchte, wenn Dieter Bohlen die DSDS Kandidaten mit den Worten abschmettert: „Du taugst vielleicht für ein Kreuzfahrtschiff, für solch einen Star, den wir hier suchen nicht." Wir fühlen uns immer bestens unterhalten und rechnen manchmal im Stillen, was wir Abend für Abend an Eintrittsgeldern sparen. Einige gratis Gläser Sekt oder Kir Royal später sind wir schon wieder bei der Zugabe. Heute ist die sonst träge Masse noch frisch und applaudiert hörbar.

Das Galadinner mit seinen zehn Gängen schließt sich an. Wir haben alle bis auf einen bewältigt. Es gibt auch jeden Tag eine Weinempfehlung, einen kostbaren roten oder weißen Tropfen. Wir machen keinen Gebrauch davon und genießen lieber den kostenfreien Tischwein. Er wird auch nur so genannt, ein billiger Fusel ist es nicht. Der Großteil der Gäste hält sich an diese Variante, manche wählen aber die Empfehlung oder einen Wein aus der Karte. Das sind die, die nicht viel vertragen, denn sie schaffen diese eine Flasche nicht. Sie müssen sie sich wieder verkorken und am nächsten Abend entkorken lassen.

Mullemann scherzt heute mit den Kellnern und er fragt sie gerne aus. Einer scheint noch blutjung zu sein, er hat aber schon zwei Kinder, heiraten will er aber nicht. Schatzke hat ja auch Kinder, die nicht von einer Ehefrau sind und das verrät er heute. Na da strahlt unser Kleiner. Er erkennt schnell Schatzkes Vorliebe für Weißwein und seine Trinkfrequenz, schließlich stehen zwei gefüllte Gläser vor ihm und er schenkt nach jedem Schluck nach. Das geht so lange, wie eben ein Geck an Zeit benötigt. Seitdem ist Mullemann der „Mister white wine".

Nach dem Dinner ist es noch früh am Abend, die Show ist ja schon vorbei, was also tun? Wir gehen ins Kino. Es stellt sich Geilheit ein, wir fangen an zu fummeln. Wir sitzen ungünstig und wechseln auf die hintersten Plätze. Auch der Slip stört irgendwann und ich ziehe ihn aus. Schatzkes Finger erkunden mein Geschlecht, spreizen die Schamlippen und gleiten über den Kitzler und in die Vagina. Immer wieder werden wir unterbrochen, es kommen immer neue Besucher durch die Tür. Denen mangelt es auch an Unterhaltung. Wir fliehen in unsere Kabine, wo wir die Erkundungs- und Eroberungstour fortsetzen.

21. November

Wir wachen relativ spät auf, mein Kopf ist noch nicht ganz schmerzfrei. Der Sekt entfaltet seine Nachwirkungen. Wir müssen zum Frühstück hetzen, sowenig Zeit bleibt uns. Um neun Uhr sind wir bei der Brückenführung eingeplant und da wollen wir doch nicht fehlen.

Plötzlich bemerke ich, dass mein Slip nicht mehr da ist. Ich muss ihn im Kino vergessen haben, aber zum Nachschauen ist jetzt keine Zeit. Wir müssen zur Brücke. Dort angekommen stellen wir fest, wir haben gar keinen Fotoapparat mitgenommen. Keine Zeit mehr einen zu holen. Ausgelebte Sexualität hinterlässt scheinbar eine gewisse Leere im Kopf. Als sich die Tür zum Allerheiligsten öffnet, betreten wir zuerst einen Flur. Hier liegen die Suiten des Kapitäns und der nachgeordneten ranghohen Offiziere. Danach öffnet sich der Brückenbereich. Hier vorn wird das Heben und Senken des Bugs noch spürbarer als in unserer Kabine. Hoffentlich wird uns nicht übel. Als mich dieser Gedanke packt, da grummelt es schon im Bauch, im Kopf ja sowieso.

Kai Travelung, der zweite Offizier, übernimmt die Führung und Berichterstattung. Er selbst stammt aus Ostfriesland, warum er das Ost betont, weiß ich nicht. Vielleicht, damit wir ihn sofort mit den Ostfriesenwitzen in Zusammenhang bringen, von denen mir jetzt aber keiner einfällt. Kann auch sein, dass die Ostfriesen den Nordfriesen überlegen sind, aber auch darüber erfahren wir nichts. Jedenfalls hat er in seiner Heimat viereinhalb Jahre Nautik studiert. Ist das lang oder normal? Gibt es in Ostfriesland überhaupt eine Universität? Wenn es Sie interessiert, man kann an der Hochschule in Emden diese Fachrichtung studieren, das habe ich später mal gegoogelt. Zurück zu Kai, er verbittet sich Zwischenfragen und rattert Informationen über das Schiff, seine Stabilisatoren, seinen Antrieb, wie man die Route berechnet usw. runter und schon wartet die nächste Gruppe. Mir ist ganz schwindlig als wir gehen, aber ich habe einen Wissenszuwachs. Mit bloßem Auge überblickt man auf freier See bis zum Horizont 12

Seemeilen. Als sich die Tür hinter uns schließt wird mir schlagartig besser.

Ich habe auch ein neues Ziel, ich muss sofort zum Kino. Ist er noch da der Slip? Wurde schon aufgeräumt und saubergemacht? Sind hier eigentlich Kameras? Wir haben auf der Brücke den Monitor, auf den die Kameras einlaufen, inspiziert. Unser Balkon war auch drauf, aber nur eine Ecke. Das Kino war nicht zu sehen. Wir stürzen ins Kino und ich wühle in den Sitzen. In der Ritze da liegt er, mein Slip! Ertappt wie eine Jugendliche nehme ich ihn an mich, knülle ihn in eine Hand und wir verschwinden.

Während ich mir anschließend beim Schreiben auf dem Balkon einen Sonnenbrand hole, schlendert Mullemann über die Decks. Er kommt fröhlich zurück. Er hat Shuffleboard spielen gelernt. Andere Spieler haben es ihm gezeigt, er durfte mitmachen. Nach dem Mittagessen zeigt er mir, wie es geht. Anfängerglück habe ich nicht, es gibt ja auch keinen Wettbewerb. Trotzdem habe ich Spaß daran, leider müssen wir schnell aufhören. Schatzke will zur Skatrunde. Er ist der Neunte, also gern gesehen. Leider hat ihn das Glück verschmäht, er gewinnt keine Runde. Aber morgen ist Skatturnier und man will ihn dabeihaben! Schatzke wird gebraucht!

Ich raffe mich zum Golf auf. Es ist wieder „Hole in one." Wir sind deutlich mehr als vorgestern, wir spielen auf Bahn 6. Es schafft niemand. Ulfi prustet los: „Üben, üben, üben." Klar, dass wir nun ihn sehen wollen, ihn den Profi. Mit mir ist es gleich durchgegangen und ich stelle ihm eine Flasche Sekt in Aussicht. Gleiches Recht eben. Ich muss keine besorgen, auch sein dritter Schlag geht ins Aus. Da erklingt im Chor: „Üben, üben, üben." Morgen wird es ein Turnier geben, na da mache ich doch mit. Noch ein paar Abschläge zum Training und ich treffe Schatzke wieder. Wir trinken Kaffee in der Vista Lounge bei Pianomusik und ruhen uns kurz aus. Alles wiederholt sich in einer immer schneller werdenden Spirale. Aber wir kommen nicht heraus, also machen wir mit.

Es folgt ein harter Kampf, Schatzke möchte die Tanzstunde umgehen. Er sagt das nicht direkt, er möchte mir doch nicht wehtun. Aber er ist so müde und die linke Ferse tut weh und dann hat er sich doch vor vier Stunden den Zeh angeschlagen. Er führt noch mehr ins Feld, ich habe die Argumente vergessen. Dann schließt er ab mit: „Ich komme mit, ich weiß doch wie du sonst reagierst." Innerlich koche ich, aber ich bin schlau. Vermittlungskunst und Geduld, Deeskalationstaktik wende ich an und irgendwie hält er durch. Mir macht es Spaß. Wir lernen heute den linearen und den cross Schritt beim Salsa und den Sechser beim Argentino Tango. Neben uns Anfängern ist so ein Fortgeschrittenenpaar dabei. Seit Jahren quälen sie die Tanzlehrer und andere Teilnehmer. Er ein typischer Besserwisser, Steiftänzer beide. Und das werden sie auch immer bleiben. Ätsch! Ursprünglich wollte sich Schatzke nach dem Tanzen sofort ins Bett legen. An der Bar ist seine Müdigkeit fast weg. Ganz weg ist sie ja nie. Sprechen Sie solche Diskrepanzen niemals an, sehen Sie darüber weg, lächeln Sie und freuen Sie sich, einen solch starken Mann zu haben.

Mullemann präsentiert sogar seine Multitasking Fähigkeit. Er trinkt seinen Wein an der Bar und sucht zwischendurch die Boutique auf. Er kommt mit Duftproben zurück. Nein wie süß, er will mir eine Überraschung machen. Weit gefehlt, sie sind nicht für mich, er will sich ein Parfüm kaufen. Aber ich beschließe, es passt kein Duft zu ihm und so geht er leer aus.

Danach gehen wir beide ins Bett, wir schlafen nicht, sind nicht müde und wir haben keinen Sex. Mullemann guckt Nachrichten und ich arbeite die neuen digitalen Bilder in unseren PC ein. Was wir anschließend machen, erfordert keinen Kommentar mehr. Es ist wieder soweit, die Spirale dreht sich, wir gehen zum Essen. Wir haben dort unseren Stammplatz, der ist täglich ohne Kampf zu bekommen, wir müssen nur zwischen 18 und 21 Uhr erscheinen. Aber heute hat schon jemand auf Schatzkes Platz gesessen, aus seinem Gläschen getrunken und von seinem Tellerchen gegessen. Dieser Jemand ist nicht mehr da. Schnell werden die Spuren weggeräumt.

Mein Schollenfilet hat die Konsistenz von passierter Kost, die nach dem Pürieren in eine Fischform gepresst wurde, auch den Garnelen fehlt es an Format und sie sind äußerst salzig. Erstmals lasse ich einen vollen Teller abräumen, bleibe aber bei meiner Wahl. Es wird besser, aber nicht gut. Die Steigerungsregel ist umgekehrt, das weiß ich, aber so klingt es eindrucksvoller. Was machen wir nur am Abend? Die bulgarischen Rotkehlchen stehen auf dem Programm, die ertragen wir nicht noch einmal. Kino findet Schatzke doof, er will raus an die Meeresluft. Also auf zur Poolbar, aber auch hier ist nichts Verweilenswertes. Wir durchforsten die Fotogalerie. Die Fotografin ist ja bei jedem Event schießwillig und so suchen wir uns an den Wänden und wir finden dabei die skurrilsten Mitreisenden. Wir haben ja selbst über zweitausend Bilder gemacht, aber hin und wieder finden wir uns hier so gut getroffen, dass wir bestellen. Im Urlaub hat man einen latenten Kaufzwang, dessen Umsetzung ein kurzes Glücksgefühl freisetzt. Da man an diesen permanenten Seetagen nichts kaufen kann, außer seinen Alkohol, bei dem zunehmend ein Preisverfall einsetzt, müssen die Fotos herhalten.

Die Zeit ist nicht so einfach tot zu schlagen, der Abend ist noch immer lang. Wir wissen nichts mit uns anzufangen. So schleichen wir reumütig auf die Empore der Atlantiklounge zu Elena und Shivko. Ihr Konzert ist gut besucht, aber uns grault es schon beim Eintreten. Aber es gibt noch eine Krönung, Elena miaut. Wirklich, sie singt „Miau, miau". Es muss ein Operettentitel sein. Applaus brandet auf. Mister Red Shoes hat solch einen nicht bekommen. „Wo sind wir nur gelandet?" Zum lautlosen Sprechen ist Mullemann nicht in der Lage, aber er will seinen Kommentar loswerden. Es folgt ein Arienduett von Verdi. Uns wird schlecht. Ich schleiche auf leisen Sohlen davon, er tappt hinterher, nicht leise. Das macht er nie, außer er will es selbst. Dieser Abend hat vielen gefallen, auch Günther erzählt uns am nächsten Morgen, wie begeistert er war. Ja das Miau Lied, das war sehr schön. Zum Glück sind die Abendprogramme auf verschiedene Geschmäcker ausgerichtet und zweimal solch Geschmetter ist auf einer Reise erlaubt. Wir gehen zu Bett und schlafen ohne Pipapo ein.

22. November

Mullemann schläft noch, als ich erwache. Er hat eine Tavor genommen, also ein Benzodiazepin. Mit dieser Glückspille schläft er ohne Unterbrechung. Er hat immer einen ärztlich verschriebenen Vorrat, weil er doch eine schwere Depression und Panikstörung hat. Diese Krankheit hat er sich zugelegt, um sein Rentenbegehren durchzusetzen. Man kann sich um Kopf und Kragen reden und vermutlich auch schreiben, deshalb führe ich das hier nicht näher aus. Sonst kommt die Deutsche Rentenversicherung zu uns nach Hause oder schlimmer noch, die Staatsanwaltschaft meldet sich mit einer Anklageschrift und Mullemann muss erstens seine Rente zurückzahlen, zweitens eine Strafe entrichten und weil ich mich inzwischen von ihm wegen der Schande getrennt habe und er pleite ist, muss er drittens ins Gefängnis.

In der Nacht habe ich wieder diesen blöden Traum, in dem mein Exmann wieder bei mir wohnt. Er will mich dann immer küssen und Sex mit mir machen, aber ich wehre mich, da ich ja mit Mullemann verheiratet bin. Nur der taucht nicht auf. Und dann gibt es wieder Streit und irgendwann wache ich schweißnass auf. Ich bin dann immer sehr froh, dass alles nur ein Traum war.

Ich bin nicht ganz zugedeckt und kalte Luft zieht zwischen meine Oberschenkel. Das macht Lust und ich kann ihn fast greifen, den Schwanz, der sich von hinten zwischen meine Schenkel schiebt und eindringt. Aber ich muss warten, bis die Tavor den Mullemann entlässt. Es kommt zur 12 – 6 Uhr Position und wir befriedigen unsere Lust.

Nach dem Frühstück läuft eine Teeny Romanze in der PC-TV Kombination. Schatzke bleibt demonstrativ liegen. Wir haben eine Einladung zu elf Uhr „Cocktail im Kapitänsgarten". Er möchte nicht mit. Wir sollen „entsprechende Kleidung" tragen, aber was bedeutet das? Kurz vor elf husche ich in einem langen Oberteil die Treppe hinunter, um zu sehen, wie die anderen Gäste gekleidet sind. Wieder ein bunter Mix aus Ringelstrumpflook bis große Eleganz. So werde ich etwas wählen, was nicht allzu leger daherkommt, mein Modenschaukleid fällt mir spontan ein. O.k. es wurde schon zum Kapitänsempfang ausgeführt, aber vielleicht merkt es niemand. Als ich mit meiner Beobachtung zurückkomme, steht Schatzke auf, geht wortlos ins Badezimmer und erscheint kurz darauf in weißer Hose und blauem Seglerhemd von Gaastra. Designerklamotten sind zu jedem Anlass chic. Er grinst gequält und sagt: „Was macht man nicht alles, wenn man verheiratet ist." Er bringt oft solche Opfer, ich auch, aber ich rede weniger davon. Ich wäre auch allein gegangen, aber so ist es natürlich viel besser und ich muss mir keine Ausreden einfallen lassen. Denn man kennt uns. Besonders der Kreuzfahrtdirektor ist ein sehr aufmerksamer Mann und hat die Gäste und deren Status längst abgespeichert und kann bei Abweichungen sofort parieren. Wir treffen schon auf dem Weg unsere Bekannten aus Meck Pomm und auch die Eltern der polnischen Schönheit aus dem Showensemble sind dabei. Es wird wieder viel Alkohol aufgefahren von Sekt, Kir Royal, Apres Sol bis zu verschiedenen Cocktails. Es ist ja nach elf Uhr und so wird auch getrunken.

Vor elf darf man keinen Alkohol trinken. Wenn man das tut und zugibt, kommt man nie durch die MPU. Persönliche Erfahrungen habe ich nicht damit, aber Schatzke. Ihn hat man mal mit 2,4 Promille aus dem Verkehr, sprich aus seinem Auto gezogen. Er ist immer noch fest überzeugt, von seiner Exfrau verraten worden zu sein. Zwölf Monate durfte er kein Fahrzeug führen, dafür an den illustren Gesprächsgruppen teilnehmen, in denen man so viel von sich selbst erfährt, dass man sich hinterher nicht mehr wiedererkennt. Aber die MPU, die hat er gleich im ersten Anlauf bestanden. Braver Junge. Ich habe so einen Schein, nicht den, den sie denken. Nein, ein Zertifikat über die Qualifizierung zur verkehrsmedizinischen Begutachtung. Ich sitze also auf der anderen Seite als die Delinquenten. Jedenfalls hat uns dort die MPU Psychologen des TÜV die 11 Uhr Marke als Indiz einer Alkoholabhängigkeit klargemacht. Wer morgens mit einem Alkoholgehalt im Blut dingfest gemacht wird und dieser steigt im Zeitverlauf noch an, der hat keinen Restalkohol, sondern morgens schon getrunken. Und der Morgen endet um 11 Uhr, direkt vor dem Mittagessen. Manche essen zeitig! Vermutlich ist zum Mittag ein Glas Wein nichts Unrühmliches, zum Frühstück schon.

Der Alkohol fließt also im Kapitänsgarten, die leckeren Snacks gehen weniger weg. Wir kommen doch alle gerade vom Frühstück. Es begrüßen uns der Kapitän, wortkarg wie immer, der Kreuzfahrtdirektor, eloquent wie immer und eine Auswahl der Offiziere und Offizierinnen, denen wird wie immer das Wort erst gar nicht erteilt. Auch die Phönix Reiseleiter sind mit dabei und unser Michael sieht wieder schnieke aus. Ein leibhaftig gewordener Schwiegermuttertyp. Schon allein deshalb wird er auf Reisen mit solch einer Klientel, gemeint ist das Durchschnittsalter und -einkommen, Karriere machen.

Man bemerkt Schatzkes Hemd, besser gesagt die Applikation. „Regatta St. Barth" ist dort zu lesen. Waren wir nicht vor kurzen da? So ist das Leben, es gibt keine Zufälle. Fahren wir doch dorthin, wovon das Hemd erzählt. Haben wir es nicht intuitiv gekauft, noch bevor wir die Blaue Lagune betraten und bevor das Reisemagazin als Leselektüre auf der Toilette fungierte? St. Barth, das eigentlich St. Barthèlemy heißt und das St. Tropez der Karibik ist. Ja dort, wo an einer Strandbar ein halber Liter Bier in einer Flasche 14 Dollar kostet. Wir stoßen darauf an und freuen uns.

Was so alles unter „entsprechende Kleidung" subsumiert wird, ist erstaunlich. Wo kommt plötzlich dieses Alternativpaar her? Aus einer Höhle? Selbst eine Ringelstrumpfbande sieht dagegen business casual gekleidet aus. Beide haben wir auf der ganzen Reise noch nie gesehen, auch unsere Bekannten nicht. Sie wirken beide so völlig deplatziert, auch als sie sich auf die Brüstung hieven und genüsslich einen Teller dicke Salzstangen mit Schinken weg knabbern. Vegetarier scheinen es nicht zu sein.

Es wird richtig nett, aber Schatzke meint im Nachhinein, er wäre ohne Emotionen dabei gewesen. Das ist zumindest eine neutrale

Wertung. Das Gesicht würde er verlieren, wenn er zugäbe, dass sich seine Entscheidungsrevision als richtig erwiesen hätte. Würde, wäre, könnte, das führt zu nichts und wird auch nicht kommentiert. Wir erfahren nebenbei, dass unsere Neustrelitzer einen Choleriker zum Nachbarn haben. Einen, der sich durch ihre Anwesenheit so gestört fühlt, dass er „Ich geb dir eins auf die Fresse!" in Aussicht stellt. Dieser Eine ist auch derjenige, der die Tischtennisplatte nicht freigibt. Schon bemerkenswert, dass so ein Stinkstiefel einen Mitspieler hat. Ich werde ihn ins Visier nehmen!

Bisher habe ich noch nicht verraten, dass der Kapitäns Cocktail nur den Gold- und Silbergästen vorbehalten ist. Wir sind Silber. Erklären kann ich das nicht, liegt wohl an der Preiskategorie der Kabine. Der Bavaria 24 Segler, seinen Namen kenne ich nicht, ist auch bei den Auserwählten. Er ist krebsrot im Gesicht, den Rest des Körpers sieht man nicht. Vielleicht konnte er deswegen gestern nicht zur Tanzstunde kommen. Sonnenstich? Seine Anwesenheit hier legitimiert auch Schatzkes. Ich hoffe insgeheim, dass es dem Bavaria Segler heute Abend noch besser geht. Tanzstunde! Es geht auf zwölf, wir stellen die Uhren vor und das Treffen endet.

Gegessen wird immer, ich folge Schatzke trotz des völlig fehlenden Appetits zum Mittagessen. Was macht man nicht alles, wenn man verheiratet ist! Schatzke hat wenig Zeit. Skatturnier! Er hat keine Lust, aber er hat zugesagt. Es gibt auch Strafen an Bord, wir haben es gerade vernommen. Na und dann kommt er auch heute Abend mit zur Tanzstunde und zwar ohne Zirkus. Er hat es verkündet, beim Cocktail vor den Neustrelitzern. Er muss ja quasi mit, weil heute zusammen getanzt wird. Und er hat das Podium gleich für eine weitere Offenbarung genutzt. Mein Mullemann, der Pauschalreisen ablehnt und der auch diese Kreuzfahrt gar nicht antreten wollte, er hat heute auf dem Balkon nach dem „Seereisen 2013" Katalog verlangt. Nur Interessehalber versteht sich. Also dieser mein Mann überreicht Günther seine Visitenkarte mit den Worten: „Die nächste Reise buchen wir über euch." Was soll man dazu sagen? Nichts! Ich muss mich vorbereiten. Golf Turnier! Bis später.

Beim Golfen müssen zwei Runden absolviert werden und wir sollen zu zweit spielen. Jeder wird einzeln gewertet, aber der Partner notiert die Punkte. Man traut uns nicht. Der Spruch bewahrheitet sich vermutlich zu oft: „Selbst den Guten ist mehr zuzutrauen als zuzumuten." Ich spiele mit Jutta der Piratenbraut. Sie hat mich erwählt. Warum weiß ich nicht, aber ich fühle mich geehrt. Aufgenommen in den Kreis der C-Promis. Mein Anfängerglück ist mir nicht treu, ich benötige 64 Punkte in den beiden Runden. Die Beste ist Jutta mit 53 Punkten. Jutta, die alles hat, gewinnt auch noch. Die Welt ist nicht gerecht. Wenn ich immer gewinne, wäre es auch langweilig und auch nicht gerecht. Aber die Jutta, die hat noch ein Schmankerl zum neidisch werden offeriert. Beim small talk schwärmt sie über das abendliche Sitzen im Freien, das zieht sie den ganzen Unterhaltungsversuchen hier vor, denn das ist etwas, was sie sich zuhause nicht kaufen kann. So!

Schatzke stößt ganz verstört zu uns. Er hat kein Ohr für unsere Erlebnisse. Er hat beim Skatturnier verloren. Und er ärgert sich sehr über sich selbst: „Man könnte denken, ich hab nicht mal sechs Klassen."

Natürlich vergisst Mullemann die Tanzstunde und sein Versprechen. Es gibt wieder einen Terz. „Das ist das letzte Mal, dass ich mitkomme." Welche Gnade wird mir da zuteil? Er bummelt demonstrativ auf dem Weg und interessiert sich plötzlich sogar für die ausgestellten Hemden an der Boutique. Er quält mich mit jeder eroberten Minute der Verspätung. Geteiltes Leid ist doppeltes Leid. Zum Glück gibt es keine verbalen Kommentare während unserer abgeforderten Verrenkungen. Die nonverbalen sehe vorwiegend ich, die Tanzfläche ist nicht sehr gut ausgeleuchtet heute. Mullemann tanzt den Salsa und den Tango sogar besser als der Pirat, aber ich sehe es ihm an, ich werde ihn nicht noch einmal hierher lotsen können. Das ist unser Finale.

Auch der happy hour Cocktail hilft nicht, selbst das leckere Abendmenü bessert seine Laune nicht. Jetzt bloß keine Worte über

Karten oder Turniere verlieren! Er sei nur müde, begründet Mullemann seine passive Zurückhaltung. Inzwischen kenne ich ihn zu gut, als dass ich das glauben könnte. Ich möchte es auch gar nicht, denn ich will doch was erleben.

In der Crazy Show lacht auch Schatzke wieder, er verkneift sogar seinen Harndrang, um kein Show Bild zu verpassen. Vier männliche Reiseleiter begeistern uns in immer neuen Kostümen, die wiederum zu den scheinbar endlos aneinandergereihten Songs passen. Alles ist so arrangiert, dass sich kleine Geschichten ergeben.

Anschließend werden zwei Bars für ein Event gesperrt, die eine für Männer, die andere für Frauen. „Ladys Night mit den sexy Ama-Dales" ist der Grund. Wir machen so einen Quatsch nicht mit, wir gehen nicht hin. Aber dann siegt bei Schatzke die Neugier, er drängt mich doch mal in die Kopernikus Bar zu gehen und schnell schreitet er aus zur Freibier-Männerrunde. Mir ist etwas unwohl als ich die Treppe nehme. Noch nie habe ich eine solche Veranstaltung besucht. Es erwartet mich bestimmt so eine Männerstripparty ala Chippendales – Ama-Dales eben. Nun bin weiß Gott nicht prüde und weltfremd aber mir erschließt sich der Sinn nicht. Ist das wirklich von erotischem Wert, wenn sich Männer im Schweiße der Scheinwerfer vor einer johlenden Frauenmeute ausziehen? Frauentags Partys werden durch so einen Auftritt aufgewertet, jedenfalls kenne ich das von Plakaten. Heute also live. Richtig, an der Tür zur Bar stehen schon zwei Herren im Anzug, Jackett offen und ich blicke auf die blanke kahlrasierte Brust. Eine Bardame, selbstverständlich in kompletter Berufskleidung, drückt mir ein Glas Sekt und Spielgeldscheine in die Hand und die Fotografin erwartet eine fröhliche Pose flankiert von den Eros Göttern. Ich deute ein Übergießen der geschwellten Brust meines linken Nachbarn mit Sekt an, woraufhin dieser erschreckt. Dann arrangiert er sich mit mir, er wird ja nicht wirklich nass gemacht und wir bekommen ein schönes Foto, das ich später nicht erwerben werde. Was sollen die Nachkommen denken? Drin dampft die Luft von den vielen Jungs im gleichen Outfit wie die Empfangsherren und den geifernden Weibern.

Der Anblick entbehrt nicht einer gewissen Komik. Die weiblichen Gäste sind ja ausnahmslos mitteleuropäischen Ursprungs, die posenden Herren gehören zum Bar- und Hotelpersonal, kommen von den Philippinen und weisen eine asiatische Körperhöhe auf. Ich sehe sie also nicht. Sie tanzen, aber die anderen Weiber versperren mir die Sicht. Ich kann mich ja vordrängen, aber auch das will ich nicht. Die Jungs tun mir leid. Den ganzen Tag bedienen sie uns und nun müssen sie auch noch für uns alte Fregatten tanzen und so tun, als ob ihnen das Spaß macht. Jetzt ärgere ich mich, dass ich kein Geld dabeihabe, dann könnte ich Dollars in irgendeinen Hosenbund oder in das Fliegenband um den Hals stecken und die Peinlichkeit monetär entschuldigen. In diesem Augenblick kommen Kris und die Polin durch die Tür. Das gibt ein Hallo und Sekt, Sekt, Sekt. Immerzu wird er nachgeschenkt, ob das Glas leer ist oder nicht. Wir behalten keinen Überblick und allmählich macht es Spaß. Erotisches Knistern stellt sich nicht ein, Männer müssen bei mir größer sein als ich, sonst geht gar nichts, aber ich bekomme gute Laune. Wir tanzen für uns allein aber auch mit den Ama-Dales. Jedenfalls sieht es auf der Bildergalerie einen Tag später so aus.

Gerüchte machen die Runde, dass männliche Gäste vor den Türen stehen und Einlass erbitten. Keine Chance, alles ist hermetisch abgeriegelt. Wir haben schon tüchtig einen an unserer Krone, da ist die Show zu Ende. Die Herren sind wieder in weißem Hemd, blauem Sakko, schwarzer Hose, schwarzen Schuhen und mit Schlips gekleidet und die Getränke werden wieder aufs Zimmer geschrieben. Das ist das Signal, die Türen öffnen sich und Männer strömen ein. Einige winken nur von der Bartür ihre Angetrauten aus der Lasterhöhle.

Wir drei bleiben und sind fest überzeugt, unsere Männer liegen längst in den Betten und sind eingeschnappt eingeschlafen. Aber wir irren. Nach bestimmt einer weiteren Stunde, in der Bar ist es schon übersichtlich, tauchen sie gutgelaunt auf. Wir haben den stehen gelassenen Sekt in fremden Gläsern längst geleert und sind ganz „oben auf der Welle". Mullemann spendiert noch zwei Runden Sekt und dann tanzt er mit mir, erst wild, dann hopsend, auch den Discowalzer und auch erotisch, zumindest für unseren Geschmack. Beim Queen Song „We will rock you" hält uns nichts mehr auf den Beinen, wir knien und schlagen mit den Händen im Rhythmus auf den Boden. Beim Hochkommen sehe ich, dass wir einen Kreis gebildet haben und auch der Kreuzfahrtdirektor mitmacht. Ich habe nicht auf die Uhr geschaut, aber es ist inzwischen weit nach 02:00 Uhr. Heute soll die Bar erst um 06:00 Uhr schließen. Wir gehen vorher, am Ende unserer Kondition. Kris bleibt noch, Günther ist inzwischen schon verschwunden. „Weichei" ist alles, was Schatzke zu seiner Abwesenheit sagt.

Am nächsten Tag werden wir verschiedene Versionen von unserer Männerrunde hören. Dass Mullemann zwischendurch auch eifersüchtig vor der verschlossenen Kopernikusbar stand, dann wieder war es Günther, aber eigentlich war es keiner von den dreien, sondern sie haben ihr Freibier getrunken und sich bestens unterhalten. Eifersucht, so was kennen sie gar nicht.

23. November

Wir müssen lange liegen bleiben. Wir können nicht aufstehen. Der Restalkohol hindert uns daran. Schließlich hetzen wir wieder los. Frühstückszeit ist heute nur bis 10:30 Uhr und wir brauchen den Kaffee.

Danach ist Balkonzeit. Wir nähern uns den Kanaren, es ist immer noch herrlich warm und die Sonne scheint bis zum Nachmittag auf unserer Schiffsseite. Einen kompletten Liebesroman lese ich auf meiner Liege. Dreimal muss ich dabei meine hervorschießenden Tränen mit dem Handtuch trocknen. Was für ein schöner vergammelter Tag.

Schatzke hat es nicht so gut, er muss los zu seinem Termin. Skatturnier Teil 3. Zweimal ist er übellaunig zurückgekehrt, aber er stellt sich wieder der Herausforderung. Ein Held durch und durch und dieser Held hat sich ausgerechnet für mich entschieden. Es wird halb vier und ich will ihn gerade zum Kaffee trinken abholen, da kommt er mir schon entgegen. Rücken aufgerichtet, Blick geradeaus, fester Schritt, es lief gut für ihn.

Wir wollen unsere erste feste Nahrung des heutigen Tages zu uns nehmen, aber heute ist österreichischer Tag. Es gibt Kaiserschmarren, Topfenstrudel, Germknödel, Gugelhupf und solche Sachen. Nach einem Stück Sacher Torte und einem Fiaker bekomme ich einen Schweißausbruch. Schatzke auch. Unser Vegetativum ist nach dem gestrigen Gelage noch etwas instabil. Wir stürmen zurück in unsere Kabine. Mullemann sucht das Bett auf und die Fernsehprogramme durch. Immer öfter frönt er jetzt dieser Leidenschaft.

Ein Schmerz in der linken Achillessehne plagt ihn schon seit dem Morgen, er bietet im Nebengang zugleich das unschlagbare Argument, der Tanzstunde fernbleiben zu müssen. Mir ist die Lust an den ständigen Überredungskämpfen längst vergangen und ich kommentiere das nicht. Zuerst muss ich mal zum Pool die Hitzeattacke ertränken. Aber der ist schon besetzt vom bärtigen Choleriker mit seinem jungen englischsprachigen Companion. Er hat auf dem Schiff schon etliche still Leidende hinterlassen, warum sich dieser Spund in seine Gesellschaft begibt, ist mir rätselhaft. Der Bärtige ist der Nachbar von Günther, der der ihm Schläge angeboten hat, wenn er das Reden vor der Tür nicht unterlässt. Und das zu Günther dem stillen und angenehmen Weltenbummler. Dem anderen Neustrelitzer erging es ähnlich. Er ging wortlos durch den Tischtennisraum, den gerade der Choleriker blockierte. Dieser fühlte sich bedrängt und gab seinen Unmut Ausdruck mit: „Ich hau dir gleich eins auf die Fresse." Heute also zieht er mit Badekappe und Schwimmbrille ausgestattet seine Bahnen im Pool gemeinsam mit dem Jungen. O.k. Ich rege mich nicht auf, wozu auch? Ich dusche und steige in den Jacuzzi, aber in dem kühlt meine Hitzeattacke nicht ab. Warte ich eben noch zehn Minuten. Der Pool wird nicht freigegeben, also doch auf in den Kampf. Ich dusche und steige in die Arena, wo ich ganz außen meine Bahnen ziehe. Der Pool ist nicht groß, so vielleicht vier mal sechs Meter, aber sie lassen meine Bahn frei. Da nähert sich eine korpulente Diva mit einem orangefarbenen Haarband der Sprossenleiter. Ich lächle ihr freundlich zu, nicke einladend und bin gespannt, was passiert. Die Herren tuscheln und stellen ihre Schwimmaktivitäten vorerst ein. Als die Diva im Wasser ist, meldet sich der Choleriker. „Hoffentlich macht es Ihnen nichts aus, wenn ihr Haar gleich nass wird." Der Jüngling grinst hochmütig. Auf diese Frechheit und Unverschämtheit reagiert sie ganz gelassen mit „Nein, das hatten wir ja heute schon." und schwimmt los. Wir beide flankieren jetzt den Pool und die Doofköppe nehmen ihre Bahnen in der Mitte wieder auf. Ich warte direkt schon auf die Beinschläge der Beiden, die uns nass spritzen, aber da kommt das Aus für den Chaoten. Ein Mann mit einem unglaublichen Bauchumfang stößt zu uns. Die beiden verlassen den Pool, gehen aber nicht weg. Nein sie setzen sich auf den Beckenrand und beobachten uns wie Geier. Als wir drei die Leiter wieder hochsteigen, nehmen sie die Manege sofort ein. Frohen Schrittes gehe ich zurück zur Kabine, wo ein sehr sympathischer Mann auf mich wartet.

Dabei hat der Choleriker eine ganz nette Frau. Diese hat Mullemann gestern sogar in das Shuffleboard Spiel einbezogen und ihm die Regeln erklärt. Sie und ihr Mann haben viele Abende mit einem anderen Paar diniert. Die andere Frau ist vermutlich eine Ungarin, mir sind aber vor allem ihre aufgespritzten Lippen ins Auge gefallen. Der Mann dazu ist ein ganz Unscheinbarer mit rötlichen Haaren und Sommersprossen und er trägt stets ein kleinkariertes Hemd. Dieses Paar saß meist schon zuerst am Tisch, tat dann aber erfreut, wenn der Choleriker mit seiner netten Frau kam. Es schloss sich ein kleiner small talk an, bis die Aufgespritzte mit dem Sommersprossengesicht als Erste den Tisch wieder verließ. Seit den letzten beiden Abenden sitzen beide Paare wieder getrennt. Wir haben verschiedene Gründe diskutiert, was man eben so macht, wenn wahre Aufgaben fehlen.

Zur Tanzstunde gehe ich allein. Ich frage auch vorher gar nicht mehr, das ist mir zu doof. Der weißhaarige etwas gelockte Mann, der immer witzelt, kommt heute auch allein. Seine Frau hat es erwischt. Das „Es" habe ich nicht ergründen wollen, denn vor einer Stunde, da lagen beide noch am Pool. Ich habe sie trotz des Spektakels mit dem Choleriker abgespeichert. Denn das „Es" kommt mir gerade recht, so habe ich einen Tanzpartner. Er hat mich sofort angesprochen, ob mein Mann noch käme. Als ich das verneine, freut er sich. „Gut, dann tanzen wir zusammen, bevor mich eine von den Anderen anspricht." Mit den Anderen sind die Alleinreisenden Damen gemeint, die könnten sich nachher als anhänglich erweisen, nehme ich an. Ich schließe also eine Allianz für die jetzige Tanzstunde. Und ehrlich. Im Tanzen ist er besser! Besser als mein Unwilliger. Der Tango macht richtig Spaß. Es ist ein argentinischer.

Das Abendessen ist wieder österreichisch. Nach Zandersulz und Gansbrust kommt der Saibling Attersee leider etwas pampig daher. Diesmal hat es Mullemann erwischt. Das Busserl, also das Dessert, macht uns kampfunfähig. Lange werden wir die Mahlzeitenfrequenz und -güte nicht mehr aushalten. Unsere Kleidung auch nicht.

Claus Debusman lädt wieder zur Abendshow zum „Great Balls Of Fire". Günther und Kristina spendieren die Drinks. Wir sind wieder in euphorischer Stimmung und versuchen aus der fünften Reihe heraus, die vorderen werden von den Hochbetagten blockiert, die Künstler mit Applaus und „Yeah" Rufen zu unterstützen. Mit wir sind wir beiden Mädels gemeint. Günther macht bestimmt nie Radau und Schatzke wird es zu langweilig. Wie bitte? Bei diesem Programm wird ihm langweilig? Er kommt wie ich aus einem Provinznest, wo die Kastelruther Spatzen oder bestenfalls die dritte Garnitur einer irischen Stepptanzgruppe auftreten. Solche Shows wie hier werden uns zuhause nicht geboten und hier müssen wir uns keine Gedanken machen, wie wir alkoholisiert wieder nach Hause kommen. Aber mein Schatzke steht auf und verschwindet. Nach der Show gehen wir Mädels direkt zu Mister Red Shoes. Ich ergreife seine Hand und versichere: „Wir haben alles versucht aus der fünften Reihe, aber wir konnten das Ruder nicht herumreißen." Ich meine damit die träge Masse der Showgäste, die unerträglich und unbeweglich dasitzen, während alle auf der Bühne über sich hinauswachsen. Bei einer Aufforderung zum Beispiel, bestimmte Passagen eines Songs mitzusingen, folgt kaum ein Echo. Am intellektuellen Anspruch liegt es nicht. Aber Claus überspielt die Farce mit: „Na schon wieder vergessen?". Er ist den mageren Applaus vermutlich gewohnt, als er fast beruhigend zu mir sagt: „So ist es eben, manchmal kann man nichts herumreißen."

Schatzke ist nicht weit gekommen. Auf dem Pool Deck finde ich ihn wieder. Er steht an einer aufgebauten Theke, an der zum Selbstmixen von Cocktails aufgefordert wird. Dieser ist mein Mullemann selbstverständlich gefolgt, als Erster versteht sich. Der Barkeeper lächelt höflich, als Schatzke beim Mixen wild tanzt und ich schon befürchte, er würde den Inhalt des Mixgefäßes über die Umstehenden verteilen. Es passiert aber nicht und Schatzke kann seinen Cocktail genießen. Danach streben wir zum Ausgang, wir wollen es nicht wieder übertreiben.

Nun haben wir ausreichend Zeit und Lust derselben nachzukommen. Sogar die Bademantelgürtel müssen mitmachen.

24. November

Heute ist der letzte Seetag. Es weckt uns keine Sonne, dafür wieder die Lust. Schatzke hat mir gestern erzählt, dass sein Orgasmus eigentlich immer in gleicher Weise und Intensität abläuft, nur wenn ich oben sitze und ihn reite, dann geht er bis in die Zehen. Er zeigt mir sogar die Zehenbewegung, die dabei ausgelöst wird. Heute Morgen ist es wieder soweit für ihn und seine Zehen.

Gammeln macht keinen Spaß mehr, die Sonne fehlt und es regnet. Die Boutique stellt ihre Auslagen um. Es hängen Regenjacken und Langärmliges an den Ständern am Gang. Die Mode wirkt zeitlos langweilig und kann auf mich keinen Eindruck machen. An mir verdienen sie keinen Cent. Im Foto Shop werden ebenfalls die Bilder ausgewechselt. Nun offenbart sich allen Männern der Sündenfall ihrer Frau in der Lady Night. Auch von mir gibt es fünf Beweise. „Von wegen du hast nicht mitgemacht", rügt mich Mullemann. Ganz auf leisen Sohlen schleicht sich mein schlechtes Gewissen an, dabei habe ich gar nichts Verbotenes gemacht. Davor schützt mich schon besagte Macke. Außerdem war gestern gar kein Mann zum Schwachwerden anwesend. Ich versuche harmlos zu lächeln, ob es mir gelingt weiß ich nicht. Schatzke wechselt das Thema.

Was sollen wir nur anfangen mit so einem Tag? Man gibt sich Mühe. Jahrmarkttreiben ist das Tagesmotto, nun wetterbedingt alles indoor. Auf den Gängen flattern Girlanden und Luftballons, Clowns versuchen uns aufzuheitern, Lose und Glücksräder versprechen Gewinne und kleine Spielchen wie Dosen werfen oder Schaumstoffkegeln sollen uns die Zeit vertreiben. Aber wir haben keine Lust auf Kindergeburtstag. Wir verwirklichen unser Flaschenpostvorhaben. Mit Englisch und Pantomime versteht uns unsere Hausdame und bringt uns eine leere Whiskyflasche mit einem Korken aus der Bar. Ich verfasse eine Botschaft auf Deutsch und Englisch und wir werfen die Flasche eine Stunde vor 30°57.90N/021°38.57'W Kurs 069° von Bord. Ich muss das so undurchsichtig aufschreiben, denn zum Zeitpunkt des Abwurfes haben wir nicht auf die Koordinaten geachtet. Wer Seekarten lesen kann, der wird schon wissen, wo wir sie versenkt haben. Nun warten wir, ob, wann und wer uns antwortet.

Wir haben seitlichen Wind und das Schiff rollt. Schatzke übergibt sich, mein Segler ist seekrank. Zwei große Fernet Branca helfen auch nicht. Die homöopathischen Mittel von der Rezeption versagen ebenfalls. Schatzke entscheidet, er geht schlafen und kanzelt alle Termine. Letzteres wirkt auf mich sehr aufgesetzt, denn Sachen packen und Kaffee trinken gehen verlaufen problemlos. Ich vermute, er will sich wieder drücken vor dem Nachmittagsevent.

Was mache ich nun so allein? Mir fällt etwas Nützliches ein. Wir haben gestern kurz Wäsche gewaschen und nebenbei bemerkt, dass man das hier für zwei Euro inklusive Waschmittel machen kann. Trocknen dann kostenlos. Es reizt mich plötzlich, mit sauberen Sachen nach Hause zu fahren, zumal der Preis sehr bestechend ist und der Tag sowieso nicht taugt. Nur aus Ermangelung an Euromünzen mache ich nicht mehr als zwei Waschladungen fertig, das Trocknen dauert dann ewig. Zuletzt stelle ich mich noch ans Bügelbrett, aber die 110 Volt taugen nicht zum Bügeln. Es wird ein Glätten, aber das macht auch der Druck des Koffers mit der zusammengelegten Wäsche. Also bin ich fertig und mir ist wieder heiß.

Die Hitzewelle verlangt nach dem Pool und ich folge. Dieser präsentiert sich heute mit 30 Grad Wassertemperatur, im Jacuzzi ist es kühler. Das Schwimmen ist heute fantastisch, es regnet von oben, ich kann aufs Meer schauen und keine Spur vom Choleriker. Er braucht wohl auch immer eine Bühne.

Schatzke kränkelt weiter, ich kann ihn zu keinem Programmpunkt überreden. Den Tanzkurs lasse ich sausen, zumal er sich überschneidet mit dem Abschiedscocktail für „die in Funchal aussteigenden Gäste" und ich mir auch ziemlich sicher bin, dass die Frau vom lockigen Weißhaarigen heute das „Es" überwunden hat.

Zählen kann ich sie nicht, die vielen Cocktails, Kir Royal oder Sekte zum Empfang, zur Begrüßung, zur Lady Night und heute eben zum Abschied. Der Service und die Großzügigkeit sind erstklassig. In der Vista Lounge sind nur wenige Gäste. Mehr fliegen morgen nicht zurück? Der Kreuzfahrtdirektor fragt mich gleich beim Begrüßungshandschlag: „Aber ihr Mann kommt doch auch?" „Nein", entgegne ich, „Er ist seekrank." „Ach herrje" ist seine Antwort und in seinem Blick ist wahrhaftig etwas Mitleid zu sehen. „Ja wissen Sie, wir haben doch eine Kabine weit vorn.", versuche ich seine Unpässlichkeit zu begründen. „Ich weiß.", erwidert er und er weiß es bestimmt wirklich, seine Aufmerksamkeit und sein Gedächtnis sind seine großen Stärken. Das Gespräch geht in dieser Manier weiter, die flankierende Offiziersriege fällt ein und gibt Tipps. Am besten soll man der Seekrankheit begegnen, wenn man sich ans Heck mittig stellt und auf die Wellen schaut. Ich halte small talk mit dem Schweizer Ehepaar, dass ich noch vom Ärztetreffen her kenne. Sie sind auch Kreuzfahrtbummler, buchen aber immer nur zwei Wochen Etappen. Sie arbeitet ja noch stundenweise. Wir plaudern über dies und das, auch die Alleinreisenden werden erwähnt. Da geben beide eine Lovestory zum Besten. Eine befreundete verwitwete Apothekerin pflegte Reisen auf See zu machen. Ein ebenso verwitweter Arzt, beide jenseits der siebzig, bekam seine erste Kreuzfahrt über Weihnachten und Silvester von seinen Kindern zum Geschenk und dazu die Order: „Such dir dort eine Frau und behalte sie." Vielleicht war dieser Vater etwas zu familienfreundlich und stand immer beratend zur Seite, so dass die Kinder etwas Distanz benötigten, aber das ist meine Spekulation. Aber die Order erfüllte sich, beide kamen sich bei den Ausflügen näher und er holte noch auf der Reise zur alles entscheidenden Frage aus: „Wollen Sie die nächsten 30 Jahre mit mir verbringen?" „Das muss ich mir noch überlegen.", soll sie geantwortet haben, um sich kurz danach befürwortend geäußert zu haben. Das Glück hält noch an.

Auch über die Seekrankheit haben wir gesprochen, beide haben schon Reisen mit hohem Seegang erlebt, da macht mich die Kollegin aufmerksam: „Schauen Sie, ihrem Mann geht es besser." Mullemann taucht doch tatsächlich auf, begleitet vom Kreuzfahrtdirektor. Dessen Kundenpflege ist zukunftsorientiert. Gehört Mullemann doch zur Zielgruppe, die noch dreißig bis vierzig Jahre potenziell reisen. Aber ich muss nicht rational denken, ich kann auch annehmen, dass man hier bei Phönix persönlichen Kontakt pflegen möchte und dass dieser Direktor einfach ein netter sympathischer Mensch ist.

Mullemann war beim Schiffsarzt, der ihm fünf Kaugummi mit einem Antivertiginosum, also ein Mittel gegen Schwindel und Übelkeit, ausgehändigt hat. Und so kaut mein Schatzke und strahlt. Aber er kann nicht lange bleiben, die Lounge liegt im Bug und es schaukelt doch sehr.

Wir bleiben eine kleine Schar. Sind nicht alle Gäste dem Abschiedsempfang gefolgt? Die Amadea sollte doch ab Madeira ein Geisterschiff werden. Fehlinformation. Wir erfahren, dass in Funchal nur 70 Gäste das Schiff verlassen. Der Kapitän hat wie immer einen zusammenfassenden Satz an seine Anvertrauten gerichtet und danach lächelt und schweigt er wieder. Vielleicht hat er beim Kapitänsempfang immer den gleichen Satz gesagt und hin und wieder zu einem Paar gar nichts, damit es nicht auffällt. Diese These ist plausibler als die, dass er ausgerechnet mit Mullemann nicht reden wollte. Aber momentan hat dieser ganz andere Sorgen.

Schatzke hat die vier Neustrelitzer und die Eltern des polnischen Showgirls zum Abendessen eingeladen. Dazu muss man an einem Tisch sitzen und Essen zu sich nehmen können. Noch ist er nicht soweit. Da erinnere ich mich an den Tipp mit dem Heck. Wir stehen eine Weile dort im Nieselregen, das Schaukeln des Schiffes ist wirklich kaum zu merken, aber es wird kalt und hier wird auch nicht serviert. Schatzke nimmt seine Wunderwaffe, sein Lieblingsbenzodiazepin, eine Tavor.

Vorreservierungen sind ja nicht möglich, aber wir erobern einen großen runden Tisch, wo acht Personen gut Platz haben. Aber der Tisch steht vermutlich zu schiffsmittig, die Wellen übertragen sich und

Schatzke kann nicht sitzen bleiben. Wir wählen unseren Stammtisch ganz hinten im Saal, dieser hat leider nur sechs Plätze. Bevor Stühle heran gestellt werden dürfen, muss erst der Serviceoffizier gefragt werden. Der Schlacksemann hat nichts dagegen. Selbstverständlich kann man auf der Amadea niemanden zum Essen einladen, man kann sich nur zum Essen treffen. Aber wir spendieren zumindest Sekt zum Anstoßen und Mullemann hält eine kleine Ansprache, was für eine nette Begleitung wir doch in den Geladenen gefunden haben. Die Emotionen überrollen ihn und er gibt weitere Huldigungen preis. Günther schließt sich rednerisch an. Heute dauert es extrem lang bis der nächste Gang serviert wird, aber wir haben keine Eile. Zuletzt gibt es Languste, was wollen wir mehr. Schatzke hat dem Koch vom Promi-Lokal in Berlin, also dem Vater von der polnischen Schönheit, etliche Tipps und Kniffe abgerungen. Bin gespannt, ob er sie sich merkt und mich später einmal damit überrascht. Auch die beiden älteren Neustrelitzer kommen aus sich heraus, vor allem er will schlagfertig wirken und wir erfahren, dass sie gar nicht verheiratet sind. Das Sprichwort bewahrheitet sich. „Je oller, je doller." Es wird noch einmal die Lady Night zum Thema gemacht und was muss ich hören? Schatzke war einer der Allerersten, der hochging, um nachzuschauen, was bei uns so abgeht. Aber er kam nicht an den Bodyguards vorbei. So sei das natürlich nicht gewesen, meint Mullemann. Das Unterfangen hatte einen gänzlich anderen Grund. Er wollte mich nur fragen, wie der Ort an der polnischen Ostseeküste heißt, wo wir das letzte Silvester verbracht haben. Diese Frage sei in der Männerrunde aufgekommen. Ich lache nicht, ich lächle nur, die anderen auch. Aber ich löse das Rätsel, wir waren Niechorze. Die Stadt kennen die beiden Polen nicht. Auch meine Tipps, dass der Ort einen berühmten Leuchtturm hat und sich Kohlberg in der Nähe befindet, führt zu keiner Erleuchtung. Erst als ich den Namen aufschreibe, sagt der Koch „Ach, Niechorze". Nur eben anders ausgesprochen. Pünktlich vor der Oper und Operetten-Show „O Sole Mio" heben wir die illustre Runde auf. Wir wissen ja, welch positives Echo die bulgarischen Rotkehlchen bei unseren Tischgästen hervorrufen. Ein Bussi hier, ein Bussi da, wir freuen uns auf ein nächstes Mal und Ciao.

Noch mag ich nicht aufs Zimmer gehen. Ein letzter Cocktail an der Jupiter Bar über dem Pool mit Blick auf das dunkle Meer. Noch einmal draußen sitzen ohne Jacke, es ist schon etwas kühl und feucht, aber es geht noch. Dann packen wir unsere Koffer zu Ende und stellen sie wunschgemäß in den Kabinengang.

Nach zwei Uhr in der Früh soll uns die Rechnung durch die Tür geschoben werden. Wir sollen uns melden, wenn etwas nicht stimmt, ansonsten wird der Betrag einfach von der Kreditkarte abgebucht, ohne dass wir noch eine Formalität erledigen müssen. Wir sind gespannt auf die Höhe der Rechnung, wir haben wissentlich auf das Erfragen von Zwischensummen verzichtet. Wer will sich schon den Urlaubsspaß vermiesen und sparen können wir, wenn wir wieder zu Hause sind.

Wir hätten ausgeschlafen die Rückreise antreten können, aber es kommt anders. Schatzke hat keine Schuld, es ist nicht sein Schnarchen. Wieder vollkommen genesen schläft er ruhig in Seitlage, ohne Geräusche zu machen. Aber bei mir will sich kein Schlaf einstellen, warum bleibt mir verschlossen. Nach zwei oder drei Stunden mit Ohropax, Drehversuchen, Bettdecke weg und wieder zurück, zur Toilette gehen, Rechnung suchen, gehe ich auf den Balkon. Da fällt mir die nächtliche Abspritzaktion ein. Also unsere Balkone werden nicht von den Hausdamen gereinigt. Nein, sie werden von außen mit Wasserschläuchen grob saubergemacht. Vielleicht kann ich das heute mal beobachten. Schatzke steht plötzlich in der Balkontür. „Mulle, was ist denn los mit dir?", fragt er besorgt und nimmt mich zärtlich in den Arm. Wir legen uns wieder ins Bett, er löst die Umarmung nicht und streichelt mich lieb. Aber es hilft nicht. Ich nehme von seinem Wundermittel und stecke ihn mit meinen Drehversuchen im Bett an. Nachdem wir quer im Bett liegen, wegen der Wellenrichtung, schlafe ich irgendwann am frühen Morgen ein.

25. November

Wir wachen etwas gerädert auf. Das Schiff liegt schon im Hafen, das Anlegemanöver haben wir nicht einmal bemerkt. Über Funchal liegt noch Nebel und es dämmert, als wir uns zum Frühstück schleppen. Das ist also der legendäre Ort, von wo aus die Atlantiküberquerer mit ihren Segelbooten oder Flößen starten. Mehr Informationen hat Mullemann nicht, was nicht schlimm ist. Wir werden die Insel heute nicht kennen lernen und wir werden uns in ein solches Abenteurer mit unserer Destino auch nicht begeben. Die Rechnung ist noch nicht da, aber die Koffer aus dem Gang sind verschwunden. Es ist erst kurz nach sieben und von unseren Bekannten ist niemand zu sehen. Wir schießen die ersten Fotos des Tages und dann ist auch die Rechnung da. Sie erschreckt uns nicht. Ohne Prüfung wandert sie in den Rucksack und dann müssen wir schon zur Atlantik Lounge. Dort wo alles begann, hört jetzt die Reise auf. Sie ist der Treffpunkt zur Ausschiffung.

Wir gehen von Bord, aber es gibt einen, der uns zum Abschied winkt und viele Grüße zuruft. Es ist Ralf. Sogar Schatzke nimmt den schwülstigen Wortschwall heute wohlwollend an. Perfekt geregelt ist auch dieser letzte Abschnitt der Reise. Wir erreichen unseren Bus und treffen auf das polnische Paar. Wollten die nicht auf eigene Faust zum Flughafen kommen? Nun, sie werden von der Phönix Familie nicht allein gelassen, sie dürfen mit.

Funchal präsentiert sich inzwischen sonnig und bevor es durch einen Straßentunnel geht, gelingt uns ein letzter Blick auf die Amadea. Wir kommen wieder. Versprochen.

Nachwort

Wenn Sie denken, mit diesem letzten Blick auf das schöne kleine Kreuzfahrtschiff ist im Buch alles gesagt, dann haben Sie etwas vergessen. Und wenn Sie nur die Seiten überflogen haben, um das zweite Rätsel gelöst zu bekommen, dann haben Sie es jetzt geschafft. Ich habe Sie auf der zweiten Seite gefragt: „Haben Sie auch einen Traummann oder suchen Sie noch?" Ich habe einen Traummann und verrate auch woher. Mullemann ist aus einem Katalog. Unsere Zeit produziert immer mehr einsame Herzen. Manchmal treffen die auf Gleichgesinnte, aber meistens auf ein Fake. Mullemann gehört nicht dazu. Er ist echt. Aus dem Internet zwar, aber echt. Das zu erklären ist einfach, aber nicht jetzt. Vielleicht schreibe ich später einmal darüber. Wer weiß?